인생마저 공학적으로
풀어봅니다

공학(工學)적 접근법으로 스스로를 이해하는 법

인생마저 공학적으로 풀어봅니다

공돌이(空乭里) 지음

시작에 즈음하여

　대학 진학과 함께 공학(工學)의 길로 들어선 지 30년이 넘어 40년을 향하고 있으며, 대학교원 생활도 20년을 넘어서고 있다. 잘하고 있다고 말할 수는 없겠지만, 크게 한눈팔지 않고 공학의 길을 걸어왔다고는 말할 수 있을 것 같다. 다소 생소할 수도 있지만 내가 조금은 쉽게 접근할 수 있는 공학적인 관점에서, 나의 모습을 한번 살펴보고 스스로를 이해해 보고자 한다. 공학 분야의 전공 서적에 자신의 이론이나 알고리즘을 남기신 분들은 대부분 그 시대를 대표하는 공학자들이며, 또한 남다른 혜안(慧眼)을 가지신 분들이다. 그 선배 공학자들의 뒤를 따라 뚜벅뚜벅 걸어온 어리석은 후배가 인생의 후반전을 앞두고 한 번쯤은 선배들에게 인생의 배움을 청할 수는 있지 않을까?

청소년 상담사로 오랜 경험을 가진 인생의 반려자 이수진 선생과 함께 은혼식(銀婚式)을 맞이하여, 작은 열정만으로 살아온 우리의 모습을 한번 살펴보고자 하는 가벼운 마음으로 마음 여행을 시작했다. 하지만 앞으로도 계속되어야 할 긴 여정이 되어야 할 것 같다. 영화 <매트릭스>에 "길을 아는 것과 길을 걷는 것은 다른 것이다." 라는 명대사가 있다. 깊이 공감하며, 스스로 큰 망설임과 주저함을 가지고 시작한 이 책은 길을 걷는 단계가 아닌, 먼저 한 번만이라도 길을 알아보고자 시작한 소박한 첫 발걸음일 뿐이다.

2020년 봄날에
공돌이(空乭里) 송황준

아내의 한마디

    우리 남편 송 박사가 어느 날 글을 쓰기 시작했다. 내 추측으로는 그즈음 한 권의 책(숭산 스님의 『선의 나침반』)을 반복해서 읽었고, 아마도 2년여 동안 10번 정도를 정독한 것으로 보인다. 그 시절 남편은 50줄을 넘어오며 인생과 자신에 대한 깊은 돌아봄이 있었고, 우리 가정 안에서도 한 권의 책을 쓸 만큼 이야깃거리(푸닥거리)가 많았을 무렵이었다. 갑자기 글을 쓰기 시작한 남편은 아침저녁으로 읽어봐 달라고, 어떻게 고쳤으면 좋겠냐고 나를 재촉하기 시작했다. 그 재촉에 못 이겨 아침 커피타임에 나 나름대로 코멘트를 가볍게 던졌다.

    성격이 급한 남편이 내준 과제를 간간이 하면서 사실 놀라움이 있었음을 살짝 고백한다. 평생 전공 공부와 운동 그리고 텔레비전을 매우 좋아하는 송 박사가 엮어 낸 내용치고는 논리적이고(마음을 공학으로 이해하고 풀어냈고) 직관적인 풍성함(내 수준으로 보기에)이 있었기 때문이었다. 그리고 가장 중요한 건 남편의 삶에서 일어난 엄청난 변화였다. 아이 같은 순수한 눈빛과 몸에서 느껴지는 말랑말랑한 사랑의 느낌. 자주 사과하고 이해하는 모습 말이다.

그래서 적어도 나는 이 글이 '찐글'임을 안다. 완성본은 아니지만, 남편의 치열한 고뇌와 변화의 과정이 녹아있는, 공학자인 남편식 언어로 쓴 성장의 글임을 안다. 스무 살이 넘은 두 아이는 "누가 그 책을 읽어요!?"라고 농담 반 진담 반으로 아빠를 흔들지만, 남편은 그 또한 받아들이며 스스로를 아직은 부족한 부모라고 인정한다. 송 박사로부터 시작된 변화로 적어도 우리 가정 안에서 "미안해."란 표현이 많아졌고 진심으로 "사랑해."란 말이 오간다. 부대낌과 삐거덕거림은 또 오가겠지만 그래도 우리는 부족한 서로를 진정 품을 것을 알고 있다.

내 남편 송 박사가 우리 삶의 기승전결의 '결'을 이토록 뿌듯하게 만들어 줄지 미처 몰랐다. 완벽함의 '결'은 아니다. 그러나 남은 인생 시간에 대한 따스한 기대의 출발점을 만들어 주기엔 충분한 '결'이다.

그래서 고맙고 고맙다.

이수진

목 차

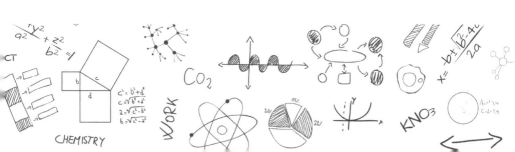

1

내 마음의 엔트로피

자신의 모습을 살피지 않고 인생을 살아가는 것은 아마도 물속에서 수경(水鏡) 없이 눈을 감고 수영하는 꼴이 아닌가 한다. 실제로 눈을 감고 수영해 보면, 앞을 가늠할 수 없기에 아무리 익숙한 장소라 하더라도 조금은 두렵고 무서운 생각이 들어 대부분 얼마 가지 못하고 스스로 방향과 자세를 잃고 허우적대다가 멈춰버리게 된다. 살아가면서 자그마한 의미이나마 스스로 찾을 수 있는 인생의 완주(完走)를 위해서라도, 자신의 모습을 한 번쯤은 나름대로 살펴볼 값어치가 있지 않을까 한다. 다음의 내용은 깊은 인문학적인 공부나 사색 없이, 직관적이고 경험적으로 정리한 내용이기에 부족한 부분이 많을 것이다. 그럼에도 불구하고, 무리(無理)를 넘어 이렇게 무모(無謀)하게라도 이와 같은 고민을 시도해 보고자 하는 이유는 인생 철학 또는 삶의 성찰 등 거창한 것이 아니라, 현실적으로 그 필요성을 절실하게 느꼈기 때문이다.

나 자신의 마음을 알아보고자 할 때, 가장 먼저 맞닥뜨리는 의문점은 '마음'과 '나'에 대한 정의(定義)가 아닐까 한다. 개인적으로 별다른 소득은 없었지만, 마음이 힘들고 지칠 때 인터넷에서 수없이 탐색해 본 경험이 있다. 요즘처럼 정보의 홍수를 이루고 있는 인터넷에서조차도 속 시원한 해답을 찾을 수 없는 것을 보면 분명 난해한 질문임에는 틀림없는 것 같다. 공학을 공부해 오면서, 너무나 기본적이라고 생각해서 별다른 고민이나 의심 없이 받아들인 개념일수록 오히려 명확하게 설명하기가 더 어려울 수 있음을 자주 경험하게 된다. '마음' 그리고 '나'의 정의도 아마 이와 같은 이유 때문에 심정적으로는 당연히 알고 있다고 생각하지만, 막상 분명하게 답하기가 어려운 것이 아닐까 생각한다. 여기에서는 지금까지 살아오면서 배우고 이해한 것들을 공학적으로 접근하여 '마음'의 정의와 엔트로피에 대해 살펴보고, 이를 기초로 '나'에 대한 정의를 한번 고민해 보도록 하겠다.

A. 생뚱맞은 마음의 정의

먼저 마음의 정의를 살펴보고, 다음으로 공학 및 과학 분야에서 널리 이용되고 있는 엔트로피 개념을 마음에 적용해 보고자 한다. 이를 기초로 살아가면서 내 마음속 불편함과 번뇌를 한번 이해해 보고, 그 원인을 분석해 보고자 한다.

마음의 정의: 도대체 마음은 무엇일까? 마음의 사전적 의미를 찾아

보면 다음과 같다. 표준국어대사전에 따르면 마음은 다음을 뜻한다.

> ① 사람이 본래부터 지닌 성격이나 품성
> ② 사람이 다른 사람이나 사물에 대하여 감정이나 의지,
> 생각 따위를 느끼거나 일으키는 작용이나 태도
> ③ 사람의 생각, 감정, 기억 따위가 생기거나 자리 잡는
> 공간이나 위치

하지만 비교적 잘 정리된 사전적 의미에도 불구하고 아둔한 나에게는 여전히 선뜻 와닿지 않는다.

불교에 대한 믿음과 조예가 깊고 현재 국립대 교수로 재직 중인 고등학교 친구로부터 최근에 『수능엄경(首楞嚴經)』이라는 불교 경전을 선물 받았다. 이 경전에서는 마음을 다음과 같이 설명하고 있다.

> 눈은 능히 모습을 볼 수 있게 할지언정 이와 같이 보는
> 성품은 마음이지 눈이 아니다.

지금까지 찾아본 마음의 정의 중에서 가장 간결하고 분명하게 느껴진다. 마음이라는 추상적인 개념을 너무도 명쾌하게 설명해서 놀라울 따름이다.

좀 더 쉽게 이해하기 위해 마음을 간접적으로 경험해 볼 수 있는

사례를 주변에서 찾아보았다. 개인적인 생각으로는 호수에 비친 주위 환경의 모습이 아닐까 생각해 본다.

(a) 물결이 이는 경우   (b) 물결이 잠잠한 경우

그림 1-1. 호수에 비친 주위의 모습

바람 때문에 물결이 출렁일 때는 호수에 비친 하늘, 구름, 산과 나무의 모습이 모두 물결에 따라 흔들림을 볼 수 있으며, 또한 큰 비가 와서 온통 흙탕물로 혼탁할 때 호수가 주변의 모습을 제대로 담아낼 수 없음도 관찰할 수 있다. 그러니 물결이 일지 않은 맑은 호수이어야만 풍경을 온전히, 있는 그대로의 모습으로 담을 수 있다. 이 경험을 인간의 마음에 적용해 보면, 세상의 모습을 왜곡 없이 있는 그대로 마음속에 담아내기 위해서는 욕심으로 흔들리지 않는 맑은 마음을 가질 때만 가능하겠다는 생각이 든다. 반면에 욕심으로 인해 고요한 맑은 마음을 잃어버리고, 단지 경험의 기억과 과거 지식에 의존하여 세상을 인식하려 하면 마음에 연관성이 일어날 수 있으며, 이 연관성에 의해 마음의 움직임이 생겨날 수 있을 것이다.

범어사의 지유 스님은 불교 방송을 통해 "마음의 움직임이 바로 생각이다."라고 말했다. 뜻은 이해하지 못하지만 깊이 와닿는다. 공기의 흐름인 바람을 마치 공기 자체인 양 오인하기 쉬운 것처럼, 이 마음의 움직임을 '나'의 마음으로 오인하고 할 수도 있겠다는 생각도 든다. 즉 '나'의 진정한 마음은 마음의 움직임인 '생각'이 생기기 이전의 무언가라고 할 수 있을 것이다. 그렇다면 "오직 모를 뿐."이라는 법문이 이와 관련이 있는 것일까? 이 관점에서 생각하다 보면, 데카르트의 '지금 생각하고 있는 나'가 '진정한 나'가 아닐 수 있다는 설명이 조금은 이해가 되기도 한다.

욕심과 번뇌: 그렇다면 욕심은 무엇일까? 석가모니께서는 무지(無知)가 나타날 때 마음이 나타남을 깨달으셨고 또 마음이 나타나면 욕망이 일어난다는 것을 깨달으셨다고 한다. 이 욕망에 집착하는 마음의 불필요한 힘을 바로 욕심으로 해석될 수 있지 않을까 한다. 많은 경우에 욕심이라는 놈은 마음을 미혹(迷惑)하게 하여 스스로 인식하기 어렵게 만들거나, 마음속 깊이 꼭꼭 숨겨져 있거나 또는 그럴듯하게 포장되어 있어서 스스로 알아차리기가 참으로 어려운 경우들을 경험하게 된다.

만약 마음의 번뇌를 느낀다면 가장 먼저 자신의 욕심 때문은 아닌지 꼼꼼하게 마음을 살펴볼 필요가 있을 것 같다. TV 체험 프로그램에서 사회를 등지고 산속에서 홀로 생활하는 사람이 소개되었다. 본인이 많은 재산을 가졌을 때 곤경에 처한 친구들에게 물질적 도움을 주었으나, 정작 자신이 어려운 상황에 처했을 때 그 친구들로부터 외면받아 마음에 깊은 상처를 입은 것이 계기가 되었다고 한다. 사회생활을 하다가 보면 대부분의 사람이 한 번쯤은 이와 유사한 경험을 겪을 것이다. 나 또한 내가 베푼 작은 호의와 배려가 예상치 못한 대답이 되어 돌아오는 것을 보면서 당혹스럽고 마음이 아팠던 경험을 가지고 있다. 동시에 나도 다른 사람에게 이와 같은 가슴 아픈 경험을 준 적이 분명 있을 것이다.

최근 나의 경험을 좀 더 자세히 살펴보자. 스스로 크게 어긋나지 않을 것이라고 믿었던 생각조차도 사실은 작은 호의와 볼품없는 배려로서 주위 사람들의 마음과 인정을 얻고자 했던 내 얄팍한 욕심에서 생겨났음을 알게 되었다. 이 욕심 때문에 마음이 불편했음도 깨닫게 되었다. 내 마음도 제대로 보지 못하는 주제에 다른 사람의 마음을 얻고자 하다니, 이 얼마나 우습고 어리석고 아이러니한 일인가! 부처의 오욕(五慾)1)의 입장에서 바라보면 분명히 명예욕으로 볼 수 있을 것이다. 이처럼 때로는 신념(信念)이라고 믿고 있는 것일지라도 예쁘게 포장되어 숨겨진 욕심으로부터 비롯되었거나 잘못된 과거의 지식이나 경험에서 기인했을 수 있음을 스스로 인식하고 경계해야 할 것 같다.

---

1) 재물욕, 색욕, 명예욕, 음식욕, 수면욕

TV 체험 프로그램의 주인공들처럼 세속의 모든 인연과 욕심을 끊고 자연인으로 살지는 못할지언정, 적어도 내 마음속에서만큼은 진정 자연인으로 살고 싶다. 그리고 최소한 내 인생이 차지하는 시간적, 공간적 영역에서만큼은 단 하나의 점에 해당하는 작은 부분에서만이라도 썩지 않는 한 알의 소금으로 남고 싶다고 생각해 본다.

마음의 엔트로피: 중고등학교 시절 과학 교과목 시간에 모든 자연현상은 엔트로피가 증가하는 방향으로 진행된다는 열역학 제2법칙을 배웠음을 기억할 것이다. 대표적인 현상이 확산으로, 개인적으로는 초등학교(당시에는 국민학교였다) 시절 자연 교과목 시간에 암모니아 가스가 교실 전체로 퍼져나가는 실험을 코로 강렬하게 체험했던 기억이 있다. 나의 연구 분야인 정보통신 분야에서도 엔트로피를 데이터 압축 및 전송 분야에서 아래와 같이 유용하게 사용하고 있다.

[엔트로피(entropy)]

정보통신 분야에서 엔트로피(entropy)의 통계학적인 개념은 확률적 통계에 포함된 정보의 양을 표현하기 위해 아래와 같이 정의된다.

$$Entropy = -\sum_i P_i \log P_i$$

예를 들어 동전을 던지는 실험 결과를 나타내기 위해서 몇 개의 비트가 필요할 것인가를 계산해 보면, 동전을 던지는 경우의 샘플 스페이스는 동전의 앞면과 뒷면이 된다. 또한 합리적인 동전으로 앞면과 뒷면이 나올 확률이 같다고 가정하면, $p_H = p_T = \dfrac{1}{2}$로 나타낼 수 있다. 따라서 이 경우의 엔트로피는 다음과 같이 계산된다.

$$Entropy_{\text{동전}} = -\left(\frac{1}{2}\log_2\frac{1}{2} + \frac{1}{2}\log_2\frac{1}{2}\right) = 1$$

동전을 던지는 경우 발생할 수 있는 이벤트는 동전의 앞면, 동전의 뒷면 2가지 경우 밖에 없다. 따라서 위의 수식으로 계산한 것과 같이 1 비트를 사용하여 앞면을 0, 뒷면을 1로 표시하면 나타낼 수 있다.

암모니아 실험의 예를 들어 엔트로피가 변화하는 현상을 설명해 보자. 우선 비커에 암모니아수를 담고 교실의 한가운데 둔 경우, 암모니아의 냄새가 온 교실로 퍼져나간다. 이 확산 현상은 엔트로피가 증가한 것으로 해석할 수 있다. 마침내 암모니아가 온 교실로 퍼져나가고 창문을 열어 환기까지 시키면 교실 내의 암모니아 농도가 낮아져서 그 존재를 확인하기가 어려워진다. 사라진 것이 아니라 골고루 퍼져 있어 우리의 후각 기관인 코가 그 존재를 확인하기 어려운 상태에 도달한 것이다. 이때 엔트로피가 최대가 된 상태이다. 만약에 온 교실에 퍼져나간 암모니아 분자들을 다시 비커에 모아 남을 수 있다면 엔트로피를 감소시킬 수 있다.

마음의 엔트로피는 불필요한 마음의 힘과 밀접하게 연관되어 있지 않을까 생각한다. 그렇다면 마음의 엔트로피를 높일 수 있는 효과적인 방법의 하나가 바로 마음에서 불필요한 힘을 빼는 것이 아닐까? 불필요한 마음의 힘은 마음의 특정 영역에서 에너지 상태를 높여 마음의 움직임 또는 흔들림을 증가시킬 가능성이 높기 때문이다. 결과적으로 마음의 엔트로피가 감소하고 번뇌가 생겨날 수 있다.

목적도 의미도 없는 삶을 긍정하라.

한 EBS 강좌에서 본 니체의 말이다. 니체의 심오한 사상을 이해하지는 못하지만, 이 말을 엔트로피 입장에서 이해한다면(과연 현실에서 가능할까 하는 의문이 생기기는 하지만), 마음의 불필요한 힘을 뺌으로써 마음의 엔트로피를 극대화할 수 있는 아주 현명한 접근법이 아닐까 한다.

"모든 것이 지나치면 불행과 가까워진다." 그리고 "심지어는 돈도 지식도 신념도 너무 지나치면 위험해질 수 있다." 등의 말을 엔트로피 측면에서 바라보면, '지나치다'는 의미를 확률적으로 특정 부분에 발생 빈도가 높거나 에너지가 집중된 현상으로 해석할 수 있다. 따라서 엔트로피가 감소할 수밖에 없고 결과적으로 마음의 불편함으로 연결될 수 있다고 이해할 수 있다.

인간의 몸을 구성하고 있는 세포의 세계에서도 비슷한 현상을 관찰할 수 있다고 한다. 필요 이상의 에너지를 세포 내에 축적하지 않는 정상 세포와 달리, 암세포는 과도하게 에너지를 세포 내에 축적하여 이를 폭발적인 자가 증식에 이용한다. 이로 인해 인간의 생명을 위협하는 결과를 초래하게 되니, 암세포의 에너지 집중은 우리 몸의 엔트로피를 감소시키는 현상으로 해석할 수 있을 것 같다.

인간 세상에서도 역사적으로 볼 때, 과한 권력을 탐하다가 자신뿐만 아니라 많은 사람에게 큰 피해를 준 사례를 쉽게 찾아볼 수 있다. 정도의 차이는 있겠지만, 일상 속 우리의 모습에서도 조금씩은 찾아볼 수 있지 않나 생각한다. 성경에는 "낙타가 바늘구멍에 들어가는 것이 부자가 하늘나라에 들어가는 것보다 쉽다."라는 구절이 있다. 이 구절의 '부자'를 '마음에 탐욕이 많은 사람'으로, 그리고 '하늘나라'를 '마음의 평온'으로 바꾸어서 해석해 보면 쉽게 다가오는 것 같으며, 엔트로피 측면에서도 충분히 이해되는 부분이 있지 않나 생각한다.

위에서 언급한 모든 경우가 엔트로피를 감소시키는 현상임을 쉽게 이해할 수 있다. 즉 '마음의 번뇌'는 무상(無常)의 세상에서 자연법칙에 따라 스스로 변화하는 모든 것에 마음의 매듭을 묶어 집착함으로써 마음의 엔트로피가 감소하여 발생하는 현상으로 정의할 수 있지 않을까 한다.

이와 유사한 사례를 운동이나 스포츠 경기에서도 경험할 수 있다. 대부분의 운동을 처음 배울 때 가장 중요한 것 중 하나가 몸에서 힘을 빼는 것이다. 첫 직장에서 첫 월급을 받고서 기쁜 마음으로 괜찮은 라켓을 마련하고 들뜬 마음으로 테니스 레슨을 받았을 때도 먼저 몸에서 힘을 빼라고 배웠으며, 골프를 처음 배울 때도 먼저 몸에서 힘을 빼라고 배웠다. 수영할 때도 물에 쉽게 뜨기 위해서는 반드시 몸에서 힘을 빼야만 한다. 10㎞ 마라톤을 뛸 때도 기록을 단축하려는 욕심 때문에 작은 힘이라도 들어가면 몸의 균형을 잃게 되고, 결국 완주하기가 어렵거나 완주하더라도 몸에 후유증이 크게 남는 것을 경험한다. TV에서 스포츠 중계를 보면, 전문 운동선수들조차도 중요한 경기에서 너무 긴장한 탓에 몸에 힘이 과하게 들어가서 본인이 지닌 능력을 제대로 발휘해 보지도 못하고, 때로는 실수까지 범하게 되어 결국 나쁜 성적으로 이어지고 있다는 지적을 많이 들을 수 있다.

개인뿐만 아니라 사회와 조직에서도 마찬가지가 아닐까 한다. 많은 사람이 마음에 불필요한 힘을 품고 있는 사회에서는 구성원들 사이의 갈등과 충돌이 증가할 가능성이 크고, 사회 전체의 엔트로피가 감소할 위험성이 높다. 결과적으로 사회 구성원들의 스트레스는 증가할 수 있고 행복하지 않다고 느끼게 된다. 자본주의 논리 중 하나인 무한 경쟁에 자신의 능력과 노력에 따라 얼마든지 성공할 수 있다는 긍정적인 측면이 있다면 그 이면에 사회적 자원이 특정 사람들에게 지나치게 집중됨으로써 사회 전체의 엔트로피가 현저하게 감소할 수 있다는 점을 간과해서는 안 될 것이다. 자본주의가 시작된 서구에서조차도 자본주의가 인간과 사회를 파괴할 수 있는 위험성을 인지하여 국가의 중요한 역할 중 하나로 자본주의의 지나친 독주를 견제하는 것을 포함한다. 국가 전체의 엔트로피라는 입장에서 바라본다면 충분히 이해할 수 있다. 일반 사회 조직에서도 구성원 간의 지나친 무한 경쟁은 단기간의 성과는 높일 수 있을지 모르겠지만, 장기적으로 보면 구성원들의 정서를 메마르게 만들 수 있고 이로 인해 조직 전체의 엔트로피가 크게 감소할 수 있음을 항상 염두에 두어야 할 것 같다.

B. '나'에 대한 어설픈 정의

여러 종교 경전 및 다양한 인문학 서적에서 '나'에 대한 여러 심오한 정의들을 찾아볼 수 있으나, 깊은 인문학적 지식과 소양, 그리고 마음의 수양 없이는 범접(犯接)하기조차 쉽지 않다. 그렇다고 포기만 하고 있을 수는 없기에, 여기에서는 '나'의 정의에 대해서 공학적 접근법으로 살펴보고자 한다.

먼저 내가 연구하고 있는 분야에서 많이 사용하는 방법처럼 '나'

의 정의와 관련한 문제부터 정리했다. '나'에 대한 질문은 일반적으로 "'나'는 누구인가?" 또는 "무엇을 '나'라고 정의할 수 있는가?" 등과 같이 다양한 형태로 표현할 수 있을 것 같다. 이 둘 중에서 '나'의 정의에 좀 더 가까운 질문은 어느 것일까? "'나'는 누구인가?"는 '나'의 정의 자체보다는 '나'의 속성과 특성을 이해하려고 하는 것 같고 또한 일인칭 시점에서 다소 주관적으로 '나'를 관찰하게 되지 않을까 염려된다. 반면 "무엇을 '나'라고 정의할 수 있는가?"라는 문제는 삼인칭 시점이라서 상대적으로 더 객관적으로 접근할 수 있을 것 같다. 이 질문을 가지고 여행의 첫발을 떼고자 한다.

그러나 공학적인 측면에서 본다면, "무엇을 '나'라고 정의할 수 있는가?"라는 문제 정의 자체부터가 매우 모호하고 구체적이지 못하다. 또한 문제에 대한 최적의 답을 구할 수 있는 방법론조차도 선명하게 보이지 않는다. 실제 대학원생들과 함께 연구를 진행하다 보면 명확한 문제 정의가 얼마나 중요하고 어려운 일인가를 자주 경험하게 된다. 대학원 생활을 시작한 지 얼마 지나지 않은 학생들에게 지금까지 진행해온 연구 내용을 수학적인 문제 형태로 정리해 보라고 하면, 지금 연구 주제나 내용과 아주 동떨어진 문제를 만들어 오거나, 형식만 갖추어서 만들다 보니 아예 답이 없거나 또는 답을 찾기가 불가능한 문제를 들고 올 때가 있다. 이처럼 문제의 해답을 찾기가 어려운 이유가 문제 자체를 잘못 정리한 데서 기인하는 사례를 자주 목격하게 된다. 개인적인 생각으로, 내가 연구하고 있는 분야에서는 문제만 제대로 잘 정리하면 연구의 50% 이상은 완성된 것이 아닌가 생각한다.

"무엇을 '나'라고 정의할 수 있는가?"라는 문제에 공학적인 관점으로 조금은 편안하게 접근할 수 있지 않을까 하는 생각에서 두 책의 도움을 받았다. 숭산 스님의 『선의 나침반』이라는 책과 진화생물학자 리처드 도킨스가 쓴 『이기적인 유전자』라는 책이다. 『선의 나침반』에 따르면, "인간은 형태, 감각, 의지와 의식 등의 집적물이고, 이 집적물을 '나'로 오인(誤認)함으로써 고통을 겪게 된다."라고 한다. 그렇다면 지금 오감(五感)으로 느끼고 생각하고 행동하고 있어서, 그 존재를 부정하기 어려운 지금의 내 모습을 어떻게 받아들여야 할까? 좀 더 단계적인 접근을 위한 실마리를 찾기 위해 화제가 되었던 도서 『이기적인 유전자』에서 이야기를 시작하고자 한다. 이 책은 다소 과격하다는 느낌이 들기는 하지만, "인간은 유전자 보존을 위해 맹목적으로 프로그램된 기계에 불과하다."라고 주장하고 있다. 공학적 직관으로 이해되는 부분이 있어서 일단은 '유전자 보존을 위해 맹목적으로 프로그램된 기계'와 관련된 부분을 내 모습의 일부분으로 인정하고자 한다.

'나'는 어떻게 형성될까?: 과연 단순히 '유전자 보존을 위해 맹목적으로 프로그램된 기계'만이 모든 '나'의 모습일까? 그렇지 않을 가능성을 전자컴퓨터 공학의 디지털 시스템에서도 유사하게 찾아볼 수 있다. 컴퓨터와 같은 디지털 시스템의 메모리는 보통 플립플롭(flip-flop)이라는 디지털 회로의 기본 단위로 구성된다. 물론 플립플롭은 트랜지스터의 조합으로 만들어진다. 그런데 플립플롭 중에는 정확히 똑같은 회로 구조를 가졌음에도 불구하고 전원을 켤 때마다 상탯값 또는 출력값이 0 또는 1 가운데 어떤 값을 가질지 정확하게 예측하기 어려울 때가 있다. 그래서 컴퓨터 전원을 켰을 때 제대로 동작하기 위해서는 부팅(booting) 과정 동안 외부에서 입력을 가하여 메모리의 값을 반드시 초기화해야만 한다. 이와 같은 초기화 과정이 없다면 임의로 정해진 초깃값에 따라 시스템의 출력값이 매번 달라질 수 있다.

그러면 우리 몸속에 있는 기억 장치는 얼마나 되며 또 그들의 **초깃값**은 무엇일까? 고등학교 시절 생물 시간에 배운 헤겔은 발생반복설을 통해 "개체 발생은 계통 발생을 반복한다."라고 주장한다. 이 학설에 따르면, 수정란이 만들어지고 분화하는 동안 계통의 복잡한 발생 과정을 거쳐 한 인간 개체의 기본적인 하드웨어가 만들어진다고 말할 수 있을 것이다. 이 분화 과정 동안 많은 초깃값이 뇌를 포함한 우리 몸속의 메모리에 저장될 수도 있지 않을까? 같은 유전자를 가진 일란성 쌍둥이라 하더라도 수정(受精) 이후 발생하는 분할 과정에서 앞에서 소개한 컴퓨터의 메모리처럼 몸속의 여러 기억 소자가 다른 초깃값을 가질 가능성은 충분히 있으며, 따라서 똑같은 유전자를 가진 인간이라고 하더라도 이와 같은 초깃값의 영향으로 서로 다른 성향을 가진 사람으로 점차 성장할 가능성은 여전히 남아있지 않을까 생각해 본다.

'나'의 형성에 영향을 줄 수 있는 또 다른 요인들은 어떤 것이 있을까? 일반적으로 인간의 모습은 **주위 환경**에서 많은 영향을 받는다. 정확하게 똑같은 유전자를 가지고 태어난 일란성 쌍둥이이더라도 멀리 떨어져서 오랜 세월 동안 서로 다른 환경에서 생활한 경우 두 사람의 모습과 성격이 꽤 많이 달라져 있는 것을 볼 수 있으며, 심지어 DNA의 끝부분에 위치한, '세포 타이머'라 불리는 '텔로미어(Telomere)'의 길이마저도 달라질 수 있다고 한다. 그 이유를 한번 생각해 보면, 각 사회가 나름의 사회적 가치관, 관습, 문화 및 규범 등을 가지고 있기 때문이 아닐까 한다. 가랑비에 옷이 젖듯이, 오랜 세월을 살아가는 동안 이와 같은 사회적 환경이 그 구성원들의 모습에 영향을 미치는 것이다. 물론 자연적인 환경도 마찬가지일 것이다. 이를 근거로 '나'의 모습은 유전자뿐만 아니라 환경적인 요인에도 크게 영향을 받는다고 합리적으로 추측해 볼 수 있을 것 같다.

또 다른 요인으로 생각해 볼 수 있는 것은 인간의 **학습 과정**이다. 인간이 학습 과정에 의해 충분히 다른 모습으로 바뀔 수 있음을 세상을 살아내면서 경험할 수 있기 때문이다. 특히 "세 살 버릇 여든까지 간다."라는 속담은 조상들의 오랜 경험을 통해서 초기 교육의 학습 과정이 인간의 모습 형성에 얼마나 중요한지를 간접적으로 확인하게 만든다. 위의 내용을 기반으로, 유전자 보존과 생존을 위해 진화해 오면서 환경적인 요인과 학습의 영향을 받아서 형성된 '나'를 '기본적인 나'로 정의해 보고자 한다.

여기에서 '기본적인 나'의 형성 과정을 초기 인류의 모습에서 한번 상상해 보고자 한다. 초기 인류는 곳곳에 많은 위험이 도사리고 있는 척박한 자연환경에서 생활했다. 자신의 생명을 지키고 자신의 유전자를 후세(後世)에 성공적으로 전달하기 위해서 그들은 어떻게 위험에 대처하며 진화해 왔을까? 합리적으로 추측해 볼 수 있는 시나리오는 이전에 경험했던 위험과 그 위험을 벗어나는 데 효과적이었던 우연히 발견한 대응 방안들을 기억하고 있다가 다시 위험이 닥쳤을 때 지난번 기억을 되살려 눈앞에 닥친 위험에 대처하는 것이 아니었을까? 이와 같은 방식으로 생존 가능성이 높아질 수 있었을 것이고, 차츰 이 방식이 인간에게 익숙해지지 않았을까? 그렇게 점차 생존 방식이 생활 전반으로 확장되어, 인간에게는 지난 경험을 기초로 앞으로 발생할 수 있는 결과를 예측하고 선택을 결정하는 행동 패턴이 생겨나지 않았을까? 오랜 세월 이와 같은 과정이 반복되면서 인간에게는 과거, 현재 그리고 미래라는 시간 개념이 생겨나고, 내 생명과 유전자 보존에 도움이 되면 '좋은 것 또는 선한 것'으로, 그렇지 않으면 '나쁜 것 또는 악한 것'으로 인식하게 되지 않았을까 추측해 본다. 이와 같은 추측들은 인간의 뇌의 발전과 함께 충분히 가능했을 것이라 유추해 볼 수 있다.

다시 정리해 보면, 인류는 효율적인 생존과 유전자 전달을 위해 과거, 현재 그리고 미래라는 시간 개념과 함께 너와 나 그리고 좋은 것과 나쁜 것이라는 마음의 분별(分別)을 갖게 된 것으로 추측한다. 그렇다면 이와 같은 방법으로 성취한 인류의 성공적인 생존에 대하여 인간이 지불해야 했던 반대급부(反對給付)는 무엇이었을까? 아마도 이미 지나가 버린 과거의 위험을 기억하고 아직 일어나지도 않은 미래의 위험을 걱정하는 불안감이 커진 것은 아니었을까? 더욱이 인간이 지닌 경험의 기억과 지식이 오류를 포함하고 있거나 고성능으로 진화한 인간 뇌의 능력으로 인해 내 생명과 유전자 보존에 직접적인 관련이 없어 보이는 불필요한 욕망이 더해진다면 마음의 불편함과 번뇌는 더욱 커질 수밖에 없었을 것이다. 바로 이 모습의 '기본적인 나'를 『선의 나침반』에서 설명하는, "인간은 형태, 감각, 의지와 의식 등의 집적물"이라는 표현과 연관이 있다고 생각해 본다. 그리고 지금의 내 모습과도 너무나 많이 닮아있는 것 같다.

'나'의 구조와 진화: 그렇다면 '기본적인 나'의 모습만이 내 모습의 전부일까? 우리 인간은 이기적(利己的)인 유전자의 명령을 뛰어넘는 다양한 이타적(利他的)인 모습도 보이는데, 그럼 이 모습은 무엇으로 이해해야만 하는가? 예를 들면 우리는 주위에서 '기본적인 나'와 유전자의 유사성이 상대적으로 낮은 이웃, 친구와 동료에 대한 우정과 사랑, 심지어는 잘 알지도 못하는 위험에 처한 타인을 구하기 위해 자신을 희생하는 사례를 경험한다.

새벽 출근길에 자신의 차에 접촉 사고를 낸 60대의 택시기사를 구하기 위해서 넓은 대로에 뛰어든 대학 동기의 사건을 예로 들을 수 있겠다. 접촉 사고 후 사이드 브레이크가 잠겨 있지 않은 탓에 내리막으로 밀려 중앙선 가드레일로 곤두박질치는 택시를 보는 순간, 망설임 없이 꽤 먼 거리를 급하게 달려가서 여러 우여곡절 끝에 간신히 기사를 안전하게 대피시켰다고 한다. 그 당시 전방 주시를 제대로 하지 못해 자신에게 달려드는 자동차와 맞닥뜨렸는데, 탁월한 운동 신경으로 공중으로 뛰어오르며 달려드는 차를 향해 왼쪽 팔을 뻗었단다. 덕분에 목숨은 건졌지만 왼팔과 손에 큰 중상을 입었고, 충격으로 몸이 튕겨 나가 땅으로 떨어질 때 앞니를 2개나 잃었다고 한다. 이 이야기를 하며 친구는 프랑켄슈타인처럼 변한 왼쪽 팔과 손을 내밀며 특유의 너스레를 떨었다.

그의 행동은 평상시 이웃에 대한 배려와 존중 없이는 결코 할 수 없는 일이다. 이것은 진정 '기본적인 나'의 모습만으로는 설명이 쉽지 않을 것 같다. 또한 우리말 중 '이웃사촌'이라는 말을 통해서도 유전자의 유사성 외에 인간의 행동과 모습을 결정짓는 또 다른 요인들이 있음을 추측해 볼 수 있다. 그리고 자신에게 주어진 환경에 굴복하지 않고, 또는 극복이 불가능할 것 같은 역경 속에서도 '기본적인 나'의 모습을 이겨내고 아름다운 삶을 이루어 낸 수많은 위인을 역사 속에서 많이 찾아볼 수 있다.

위의 내용을 근거로 정리해 보면, '기본적인 나'는 분명히 내 모습의 일부분으로 받아들일 수밖에 없다고 하더라도, 그것이 반드시 '나'의 모든 모습은 아닐 수 있다. 따라서 또 다른 '나'의 모습의 일부를 다음과 같이 정의해 보고자 한다. 오감(五感)을 통해 받아드린 세상을 경험의 기억, 과거 지식, 그리고 욕망의 관점에서 이해하고자 하는 '기본적인 나'의 한계를 극복하고, 한 걸음 더 나아가서 스스로 성찰을 통해 경험의 기억, 과거 지식, 그리고 욕심으로 인한 마음의 움직임을 알아차리고 평정심을 유지하고자 노력하며, 그 흔들리지 않는 맑은 마음을 통해 세상을 인식하고자 하는 '나'의 모습이 있다. 이를 '인식하는 나'로 정의해 보고자 한다. 그러므로 "무엇을 '나'라고 정의할 수 있는가?"라는 물음에 대하여, 내 모습 속에는 '기본적인 나'와 '인식하는 나'가 동시에 존재하며, 이 두 가지가 서로 상호 의존적인 관계를 맺고 있는 구조체가 최소한 내 모습의 한 부분이라고 말할 수 있지 않을까 생각해 본다.

[인터넷의 계층 구조]

컴퓨터 네트워크 분야에서는 복잡한 네트워크 시스템을 수월하게 개발하고 유지/보수하기 위해 계층적 구조라는 개념을 사용한다. 한 예로 인터넷은 아래 그림과 같은 계층 구조로 되어있다. 상위 계층은 하위 계층에서 제공하는 서비스를 사용하는 동시에, 새로운 알고리즘을 설치하여 하위 계층에서 제공하고 있는 서비스의 질을 개선할 수 있다.

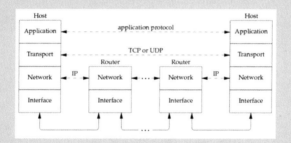

그림 1-2. 인터넷의 계층 구조[2]

예를 들면, 네트워크 계층인 IP(Internet protocol) 계층은 사용자의 데이터가 전송 도중에 네트워크 혼잡(congestion)이나 전송 오류로 인해 때때로 잃어버릴 수 있는 신뢰할 수 없는 논리적 채널(logically unreliable channel)만을 트랜스포트 계층에 제공할 수 있다. 이와 같은 네트워크 계층인 IP 계층 위에서 트랜스포트 계층 프로토콜인 TCP(transmission control protocol)는 IP 계층을 통해 데이터를 전송하는 동시에 전송 오류 검출 및 재전송과 같은 메커니즘을 사용함으로써 논리적 신뢰성을 보장하는 연결(logically reliable connection)을 응용 계층에 제공할 수 있다.

---

2) blogs.oracle.com

컴퓨터 네트워크의 최상위 계층인 응용 계층에 오류가 없는, 신뢰도가 높은 논리적 연결을 제공하기 위해서는 모든 계층에서 오류 감지 또는 정정 기능이 필요하다. 심지어 물리 계층에서 아주 강한 오류 정정 부호 (error correction codes)를 사용하며, 무선 채널 잡음에 강인한 변조 (modulation) 방식을 적용하여 이상적인 오류 없는(error-free) 데이터 전송을 지원한다고 하더라도, 상위 계층에 오류나 데이터 손실을 유발하는 또 다른 원인이 존재할 수 있다. 이 때문에 계층마다 나름의 오류 감지 또는 정정 기능이 필요하다.

이와 같은 컴퓨터 네트워크 분야의 계층 구조 개념을 사용하여 '나'를 한번 이해해 보고자 한다. 아래 그림처럼, '나'를 '기본적인 나'와 '인식하는 나'의 2개의 계층으로 나누고, 컴퓨터 네트워크의 상위 계층과 하위 계층의 개념을 적용하여 '인식하는 나'는 '기본적인 나' 위에 위치한 상위 계층으로 해석해 보았다.

인식하는 나

'기본적인 나'의 한계를 극복하고, 한 걸음 더 나아가서 스스로 성찰을 통해 평정심을 유지하고자 노력하며, 그 흔들리지 않는 맑은 마음을 통해 세상을 인식하고자 하는 '나'

기본적인 나

유전자 보존과 생존을 위해 진화해 오면서 환경적인 요인과 학습의 영향을 받아서 형성된 '나'

인터넷 계층 구조인 TCP/IP에 비유해서 설명해 보면, '기본적인 나'는 IP 계층에 그리고 '인식하는 나'는 TCP 계층에 해당한다. 안정적인 데이터 전송이 보장되지 않는 IP 계층을 이용해서 데이터를 전송하면서도 TCP 계층에 다양한 기능을 추가로 구현함으로써 IP 계층을 통한 안정적인 데이터 전송 서비스를 사용자들에게 제공할 수 있는 것처럼, '인식하는 나'는 '기본적인 나'가 제공하는 여러 기능을 이용하면서도 알아차림과 성찰을 통해 '기본적인 나'의 한계를 보완한다. 더 나아가 그 한계를 뛰어넘는 새로운 그 무엇을 더할 수 있다는 것으로 해석할 수 있겠다.

또한 불확실한 인터넷상에서 안정적인 다양한 데이터 전송을 위해서는 IP 계층에서의 수정이나 개선이 선행되면 좋겠지만, 여러 가지 이유로 인해서 빠른 업데이트가 쉽지 않을 수 있다. 그러면 TCP 계층을 수정 보완하는 것이 훨씬 빠르고 합리적인 공학적 해결책이다. 같은 논리를 적용해 보면, 좀 더 성숙한 모습의 '나'를 만들기 위해서는 '기본적인 나'와 '인식하는 나' 모두에서 노력이 필요하겠지만, 여러 가지 현실적인 고민과 어려움에 부딪히면서 살아내야 하는 상황에서는 '인식하는 나'의 존재를 가능한 한 빨리 찾아내고 끊임없이 업데이트하는 것이 마음의 번뇌와 불편함을 극복할 수 있는 합리적인 방안이 아닐까 생각해 본다.

대문호(大文豪) 셰익스피어가 권력에 집착하는 헨리 4세를 비판하기 위해 쓴 희곡 <헨리 4세>의 유명한 대사 중 "왕관을 쓰려는 자, 그 무게를 견뎌라."도 이와 같은 맥락에서 충분히 이해할 수 있다. 왕관은 '기본적인 나'의 강렬한 욕망 중 하나인 권력욕을 상징하며, 그 무게는 마음의 번뇌와 고통을 의미하는 것으로 생각할 수 있기 때문이다. 이 짧은 한마디 대사 속에 담긴 의미와 인간의 마음을 꿰뚫어 보는 셰익스피어의 통찰력의 경지가 새삼 놀라울 따름이다.

'나' 업데이트 하기: 그렇다면 마음의 번뇌와 불편함을 덜기 위한 '인식하는 나'의 업데이트는 어떤 방향을 지향해야 할까? 많은 사람이 제한된 자원을 공유해야 하는 인터넷/네트워크 분야가 인간 사회와 닮은 점이 많다고 생각하기 때문에, '인식하는 나'의 업데이트 방향성에 대한 힌트를 얻기 위해 앞에서 소개한 TCP/IP 사례를 다시 한번 생각해 보고자 한다.

인터넷(IP)상에서 전체 트래픽의 상황을 고려하지 않고 자신의 이익만을 위해서 몇몇 TCP 세션이 과도한 데이터 전송을 시도하면, 인터넷 철학에 따라 데이터 전송 에티켓을 잘 지키는 많은 사용자가 큰 피해를 볼 수 있다. 최악의 상황으로는 전체 인터넷상에서 모든 데이터 전송이 불가능해질 수 있다. 이 상황은 실제로 초기 인터넷상에서 발생했던 사례이기도 하다. 인터넷 상황을 고려하지 않고 과도한 전송을 시도한 사용자도 단기간 내에는 자신의 데이터를 더 많이 전송할 수 있겠지만, 긴 안목으로 바라보면 모두의 데이터 전송이 불가능해지거나 경우에 따라서는 나쁜 사용자로 인식되어 큰 손실을 볼 수 있다. 이와 같은 바람직하지 못한 상황이 발생하지 않도록 현재 인터넷상에는 TCP 혼잡 제어(congestion control) 알고리즘이 사용되고 있다. 물론 다양한 형태의 정의가 가능하지만, TCP 세션 간의 공정성(fairness)은 성능 평가에서 가장 중요한 지표 중 하나로 여겨진다. 이처럼 간단한 TCP/IP 사례를 통해서 '인식하는 나'의 업데이트를 위한 합리적인 방향을 너무도 명확하게 찾을 수 있지 않나 생각해 본다.

한편, 최근 인간 사회의 변화 속도가 급속도로 빨라짐에 따라 오늘을 살아내고 있는 우리 인간들은 처음 접하거나 지금껏 상상하지 못했던 새로운 환경에 많이 노출되고 있다. 초기 인류처럼 인식 시스템이 이에 적합하도록 점차 진화해 가겠지만, 오늘날처럼 급속히 변화하는 외부 환경에 비해 인간의 인식 시스템의 진화 속도는 상대적으로 느릴 수밖에 없다. 또한 컴퓨터처럼 즉각적으로 업데이트하기가 어렵기 때문에, 불행하게도 인간이 느끼는 스트레스나 심리적인 어려움은 앞으로도 지속되거나 적어도 크게 줄어들 것 같지 않다. 어떻게 보면 이 현상은 물질적 풍요를 지나치게 탐닉하면서 우리 스스로가 자초한 결과이다.

그렇다면 이러한 조건에서 나는 어떻게 하면 잘 살아낼 수 있을까? 합리적으로 생각해 볼 수 있는 한 가지 대안(代案)은, 복잡한 사회 환경에서 예상하지 못했던 또는 전례가 없던 외부 자극에 대하여 가능한 한 다양한 데이터를 이용한 학습을 통해 '기본적인 나'와 '인식하는 나'의 기존 소프트웨어를 지속해서 업데이트하거나 새로운 소프트웨어를 설치하는 과정을 끊임없이 유지하는 것이다. 다양하고 많은 학습 데이터를 얻는 효과적인 방법은 인문학, 철학, 종교 등을 통한 방법, 현실에서 다양한 경험을 실제로 겪어보는 방법과 독서, 연극, 영화 등을 통해 간접 경험을 쌓는 방법일 테다. "젊어서 고생은 사서도 한다."라는 속담과 "책 속에 길이 있다."라는 말이 더욱 마음에 와닿는다.

마지막으로 (물론 높은 깨달음의 경지에 도달한 분들에게는 가능할 수도 있겠지만 나 같은 범부(凡夫)가) '기본적인 나'와 '인식하는 나'를 분명하게 구별할 수 있을지 그리고 지금의 마음이나 생각이 어디로부터 생겨났는지를 정확하게 알아차릴 수 있기는 한 것일지 의문이 남는다. 이와 같은 상황에서 임시방편으로 좀 더 성숙한 '나'의 모습을 만들기 위해, 컴퓨터 네트워크 분야의 클린 슬레이트 (clean slate) 접근법이나 교차 계층 최적화(cross layer optimization)를 한번 적용해 보면 어떨까 한다. 최근 인터넷 계층 구조의 한계를 극복하기 위하여 클린 슬레이트 접근법이 크게 각광받고 있으며, 가용 자원이 극히 제한적인 무선 네트워크 분야에서는 효율을 높이기 위해서 교차 계층 최적화가 제안되었다.

[교차 계층 최적화]

교차 계층 최적화 기법을 간략히 개념적으로 설명하면 아래 그림과 같이 표현될 수 있다.

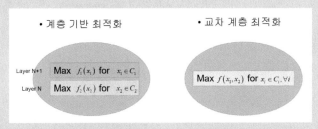

그림 1-4. 계층 기반 최적화와 교차 계층 최적화의 개념 비교

그림에서 볼 수 있듯이, 계층 기반 최적화에서는 2개의 스칼라(scalar) 변수를 구하는 데 반해, 교차 계층 최적화는 하나의 2차원 벡터 변수를 결정한다. 즉 계층 기반 최적화는 왼쪽 그림에서 보이는 것처럼, 계층 구조상에서 계층별로 상호 의존성(dependency)의 고려 없이 독립적으로 제어 변수들의 최적 해를 구하는 데 반해서, 교차 계층 최적화는 오른쪽 그림처럼 계층 구조의 장벽을 허물고 계층 간의 상호 의존성까지 고려하여 각 계층의 제어 변수를 동시에 구한다. 일반적으로 교차 계층 최적화는 계층 기반 최적화와 비교했을 때 더 좋은 결과를 제공하지만, 상대적으로 높은 계산 복잡도를 필요로 한다.

계층 기반 최적화를 효과적으로 구현하기 위해 다양한 기법이 제안되었다. 아래 그림은 대표적으로 적용 가능한 구조들의 예시이다. 참고로 제일 오른쪽 그림은 계층 구조를 완전히 벗어나 클린 슬레이트 개념이 적용된 사례이다.

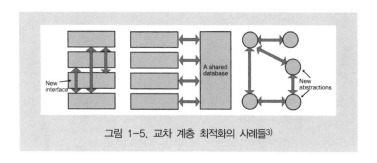

그림 1-5. 교차 계층 최적화의 사례들[3]

이 교차 계층 최적화 설계 기법을 '인식하는 나'와 '기본적인 나'의 계층적 구조에도 적용해 보면, 상호 간의 연관성이 매우 클뿐더러 둘의 구분조차도 난해한 부분이 많다. 또한 단순히 정보를 상호 교환하는 수준을 넘어서 서로에게서 본질적인 변화를 끌어낼 수도 있기 때문에, 다음 그림처럼 표현하는 것이 좀 더 적합하지 않을까 생각해 본다.

3) V. Srivastava and M. Motani, "Cross-Layer Design: A Survey and the Road Ahead", *IEEE Communication Magazine*, December 2005.

인문적 지식과 소양을 쌓지 못한 상태에서 해답을 찾는 것은 너무 큰 무리수였을까? 스스로 내린 '나'의 정의는 여전히 이해하기 어렵다. 많이 어설프지만 '나'의 정의에 대한 끝나지 않을 것 같은 고민을 앞으로의 큰 숙제로 남겨 놓고, 일단은 이 정도에서 다음 주제로 넘어가고자 한다.

*** 여담(餘談)으로, 컴퓨터 네트워크 분야에서는 네트워크 타입을 중앙 집중형 네트워크(centralized network)와 분산형 네트워크(decentralized network)로 크게 분류한다. 중앙 집중형 네트워크는 셀룰러 네트워크(cellular network)의 기지국(base station) 또는 폴링 모드(polling mode)가 동작 중인 무선 랜(Wireless LAN)의 AP(access point)처럼 컨트롤 타워(control tower)의 기능을 하는 장비가 있어서 가용한 무선 자원을 사용자들에게 할당해 주는 구조를 가지고 있다. 반면에 분산형 네트워크는 컨트롤 타워 없이 사용자들이 일정한 룰에 따라 자율적으로 무선 자원을 공유하는 방식을 의미하며, 대표적으로 무선 랜의 애드혹 모드(ad hoc mode)나 랜덤 액세스(random access)를 지원하는 네트워크 형태가 이 범주에 속한다. 두 네트워크 타입은 나름의 장단점을 지니고 있으며, 주어진 네트워크 환경과 상황에 따라 다른 성능을 보인다. 개인적인 의견으로, "나는 길이요, 진리요, 생명이다."라는 가르침으로 대중을 인도하신 예수와 천주교/기독교는 중앙 집중형 네트워크와 유사한 부분이 있고, "진리를 향하는 길을 걸으며 참 나를 깨달아 남을 돕고 살라."라고 가르치신 석가모니와 불교의 가르침은 분산형 네트워크와 좀 더 유사한 부분이 있지 않나 생각해 본다.

C. 마음의 움직임을 알아차리기 위한 공학적 접근

나의 마음의 움직임을 알아차릴 수 있도록 도움을 줄 수 있는 공학적인 방법은 없을까? 공학의 선형 시불변 (linear time-invariant) 시스템의 응답이 제로 입력 응답(zero input response; ZIR)과 제로 상태 응답(zero state response; ZSR)으로 이루어진다는 사실에서 힌트를 한번 얻어 보고자 한다. 먼저 ZIR와 ZSR 개념을 이용해 전체 시스템의 응답을 얻는 간단한 전기 회로 시스템을 소개한다.

[ZIR와 ZSR을 계산하기 위한 전기 회로의 예]

커패시터 C에 초기 전압값이 V0로 저장되어 있는 RC 회로의 예: (a)에서 커패시터 C 양단에 걸리는 전압값을 계산하고자 한다. 먼저 주어진 회로 (a)는 (b)와 (c)로 분리하여 각각 ZIR와 ZSR을 계산한다.

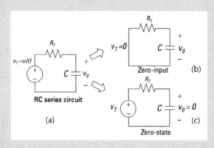

(a) 전체 전기회로,
(b) ZIR을 계산하기 위한 회로,
(c) ZSR을 계산하기 위한 회로4)

그림 1-7. 전기 회로의 응답을 계산하는 방법

커패시터 C 양단에 걸리는 전압 $v_C(t)$는 위의 (b)에서 계산된

$$v_C^{ZIR}(t)= V_0 \cdot e^{-\left(\frac{t}{RC}\right)}$$ 와 (c)에서 얻어진

$$v_C^{ZSR}(t)= V_T \cdot \left(1-e^{-\left(\frac{t}{RC}\right)}\right)$$ 의 합으로 표현된다.

시스템의 전체 출력을 구하기 위해서는 먼저 외부 입력을 '0'으로 고정하고 오직 초기 상태(initial state)에 의한 출력인 ZIR을 관측한다. 다음으로 모든 초기 상태를 '0'으로 설정한 상태에서 외부 입력만이 가해졌을 때의 출력인 ZSR을 관찰한다. 최종적으로 2개의 출력값(즉, ZSR과 ZIR)을 더하면 전체 시스템의 출력을 얻을 수 있다.

위와 같은 공학적인 논리를 내 마음의 움직임을 관찰하는 데 적용해 보면 어떨까? 물론 우리의 마음은 앞에서 언급한 바와 같이 비선형이고 시간에 따라 변하는 속성을 가지고 있을 것이다. 그러나 편의상 공학에서 많이 사용하고 있는 방법처럼, 마음이 선형 시불변 시스템으로 근사적인 모델링이 가능하다는 가정하에, 위의 예제처럼 마음의 움직임도 ZIR과 ZSR의 합으로 나타날 수 있을 것이다. 그러나 여전히 마음은 공학 시스템처럼 제로 상태(zero state)를 명확하게 정의하기가 쉽지 않고, 또한 ZIR과 ZSR의 엄밀한 구별도 한계가 분명하다. 그래서 기본적인 개념만을 빌려와서 마음의 ZIR과 ZSR을 다음과 같이 한번 정의해 보고자 한다.

---

4) https://www. dummies. com/education/science/science-electronics/find-the-zero-input-and-zero-state-responses-of-a-series-rc-circuit/

먼저 마음의 ZIR을 확인하기 위해서는 가능한 모든 외부 자극을 차단한 후(제로 입력 상태), 나의 마음 상태를 스스로 들여다보면 알 수 있을 것이다. 따라서 ZIR는 '이미 존재하지 않는 과거의 세상 또는 아직 오지 않은 미래의 세상에 마음의 매듭을 묶음으로써 생긴 마음의 반응' 그리고 '현재의 외부 자극과는 무관하게 끊임없이 스스로 꿈틀대는 자신의 욕망과 욕심에 의해 생겨난 마음의 동요(動搖)' 등을 포함할 것이다. 새벽 시간 아무런 외부 자극이 없는 고요한 상황에서도, 나는 이미 지나가 버린 과거의 일 또는 아직 오지 않은 미래의 걱정으로 마음이 요동치고 이로 인해 끊임없는 망상(妄想)에 사로잡힌다. 이것이 현재의 어리석기 짝이 없는 내 마음의 ZIR일 것이다. 아마도 내 마음의 ZIR을 알아차릴 수 있는 가장 효과적인 방법은 명상(冥想)이 아닐까 한다.

다음으로 마음의 ZSR는 '현재의 외부 입력이 마음속 욕망과 경험의 기억 등을 직접 자극하여 일어날 수 있는 마음의 움직임'으로 표현할 수 있겠다. 우리의 일상생활 속에는 너무나 다양한 형태의 외부 자극이 많이 존재하며, 이에 반응하는 마음속에는 스스로 알아차리기 어려운 수없이 많은 욕망과 경험의 기억이 존재한다. 마음의 ZSR은 이들의 조합으로 인해 순간적으로 그리고 예측하기 어려운 모습으로 발생하기 때문에 알아차리기 결코 쉽지 않을 것이다. 더욱이 내 마음에 전달되는 외부 입력조차도 흔들리는 마음에 비친 모습으로 인식될 것이기 때문에, 외부 입력에 대한 마음의 ZSR을 있는 그대로 정확하게 알아차리기는 더욱 어렵겠다. 최악의 상황은, 흔들리는 마음으로 인식된 왜곡된 외부 입력이 마음의 ZSR을 증가시키고 이것이 더욱 마음을 흔들리게 해 외부 입력을 무척 왜곡된 모습으로 인식하는 부정적인 피드백 루프가 발생하는 경우이다. 이 경우 마음의 흔들림은 결국 발산하게 될 수도 있다. 그러므로 마음의 흔들림을 벗어나기 위해서는 부정적인 피드백 루프를 가능한 한 빨리 알아차리고 스스로 끊어 내기 위한 노력이 필요할 것이다.

D. 인간에게 필요한 업데이트란?

컴퓨터는 오늘날 우리 생활에서 가장 많이 사용하는 기계 중 하나이다. 단순히 데스크톱이나 노트북 형태의 컴퓨터뿐만 아니라 스마트폰, 스마트워치, 웨어러블 컴퓨팅 장비 등 광의의 컴퓨터 범주까지 포함한다면, 컴퓨터가 일상생활에서 얼마만큼 많은 자리를 차지하고 있는지 쉽게 이해할 수 있다. 인간이 만든 대부분의 기계는 정해진 몇 가지 기능만을 수행하도록 만들어진 반면에, 컴퓨터는 설치되는 소프트웨어에 따라 다양한 기능을 수행할 수 있다는 점에서 기존의 기계들과 차별화된다.

개인적으로 컴퓨터는 인간이 만들어 낸 가장 독창적인 기계이며,

한편으로 인간을 가장 많이 닮은 기계라고 생각한다. 인간과 컴퓨터의 유사점을 소프트웨어 업데이트 측면을 통해 한번 비교해 보겠다. 컴퓨터의 소프트웨어 업데이트 과정은 인간의 마음 성장과 매우 비슷한 측면이 있다. 태어나서 자라고 생활하면서 경험하고 배우고 공부하는 동안, 우리의 마음과 뇌에는 수없이 많은 소프트웨어가 인식하든 인식하지 못하든 설치되며, 우리의 생각과 행동은 이렇게 쌓인 소프트웨어들에 의해 결정되는 경우가 많을 것이다. 우리가 일상생활에서 종종 경험하는 것처럼, 컴퓨터가 제 역할을 충분히 하게 만들기 위해서는 소프트웨어들을 끊임없이 업데이트함으로써 내재된 오류를 수정하고 성능을 안정화하고 향상시켜 주어야 한다. 이를 게을리하여 적절하게 업데이트되지 못한 컴퓨터는 시간이 지남에 따라 운영 체계의 오류에 의해, 컴퓨터 바이러스에 의해, 또는 잘 알지 못하는 다양한 이유로 인해 성능이 떨어지고 급기야는 동작이 이상해진다. 마찬가지로 인간 또한 이와 같은 업데이트 과정이 없다면 여러 가지 어려움을 겪는 것은 당연한 결과이며, 때로는 마음도 몸도 지치고 병들어서 주어진 인생을 제대로 살아내지 못할 수 있다. 따라서 자기 자신에 대한 끊임없는 성찰과 이를 기초로 '인식하는 나' 그리고 '기본적인 나'를 지속해서 업데이트해야 한다. 이처럼 컴퓨터의 소프트웨어 업데이트와 '나'의 마음 업데이트 사이에서 너무나 많은 유사점을 발견할 수 있다. 물론 컴퓨터에 소프트웨어를 설치하는 일은 간단한 몇 가지 조작만으로도 가능하지만, '나'의 업데이트는 훨씬 어렵고 힘든 작업이다. 그러나 최소한 업데이트의 방향성은 살아가면서 항상 고민해야 할 과제일 것이다.

일요일에 가볍게 떠난 여행길에서 우연히 경북 부석사 인근에 위치한 옹기나라 도예 공방의 야외 카페에 들렀다. 그 벽에 걸려 있던 도공의 글 마지막 구절이 내 마음과 모습을 비추어 보게 한다. 이처럼 소박한 도기 그릇의 겉모양에서 힘을 빼는 것도 수없이 많은 고뇌와 노력의 결과물이거늘, 하물며 인간의 모습은 더 말할 것도 없지 않겠는가?

이 글을 보면서 스스로 되묻게 된다. 나는 나의 인생과 마음에서 바깥의 꾸밈을 걷어 내기 위해 지금까지 무슨 노력을 기울여 왔는가? 그저 소금 한 줌이면 충분한 것을 지금껏 깨닫지 못하고, 화려한 맛을 위해 오늘도 너무 과한 향신료를 나의 인생과 마음에 더하고 있는 것은 아닌지. 오롯이 '날 것 상태의 나'의 모습과 스스로 마주하기 위해서는 오히려 향신료의 진한 맛과 향기를 인생과 마음에서 빼내야만 하는 것을….

심리적 트라우마의
공학적 해석과 대처 방안

우리는 일상에서 스트레스로 인해 정신적으로나 심리적으로 불편함을 받는다. 심각한 경우 이로 인해 트라우마가 생겨 오랜 기간 마음의 큰 고통을 겪기도 한다. 나 또한 스트레스와 트라우마로부터 자유롭지 못하며, 이는 스스로를 이해해 보고자 마음 여행을 시작한 동기 중의 하나이기도 하다. 물론 심각한 경우에는 정신적 및 심리적 치료가 필요하겠지만, 여기에서는 (조금은 비현실적으로 보일 수도 있지만) 엔지니어로서 스트레스와 트라우마를 공학적 입장에서 한번 분석해 보며 나 자신에게 응급처치의 일환(一環)으로서 한순간만이라도 마음에 조그마한 출구를 터줄 수 있는 나름의 공학적인 임시 대처 방안이라도 찾아보고자 한다.

A. 심리적 반응과 주파수 응답 특성의 유사성

인간의 심리적 반응 특성과 공학 시스템의 주파수 응답 특성 사이에는 유사점이 있다고 생각한다. 공학에서는 시스템의 특성을 파악하기 위해 주파수 응답 특성을 많이 이용한다. 특히 공학 시스템의 선형 시불변(linear time-invariant)의 경우 주파수 응답 특성을 알고 있으면, 어떤 임의의 입력 신호가 가해졌을 때 시스템의 출력 값을 비교적 쉽게 계산해 낼 수 있을 뿐만 아니라, 그 자체만으로도 시스템의 전반적인 특성을 많이 이해할 수 있다. 또한 시스템을 설계하는 데도 많은 도움이 된다. 선형 시불변 시스템의 시간 영역에서의 응답 특성을 주파수 영역에서 표현하기 위해서는 아래의 푸리에 변환(Fourier Transform)을 광범위하게 사용한다.

[푸리에 변환]

임의의 함수 $h(t)$의 푸리에 변환과 푸리에 역변환은 다음과 같이 정의한다.

$$F\{h(t)\} = H(\omega) = \int_{-\infty}^{\infty} h(t)e^{-j\omega t}dt = \langle h(t), e^{j\omega t} \rangle$$

$$F^{-1}\{H(\omega)\} = h(t) = \frac{1}{2\pi}\int_{-\infty}^{\infty} H(\omega)e^{j\omega t}d\omega$$

푸리에 변환의 가장 중요한 개념은, 모든 함수에 적용 가능한 것은 아니지만, 몇 가지 조건들(Dirichlet conditions)을 만족하는 일반적인 많은 함수가 삼각함수를 기저 함수로 사용하여 표현될 수 있다는 것이다.

Euler 법칙에 의해 $e^{j\omega t} = \cos\omega t + j\sin\omega t$로 표현될 수 있기에 위의 수식과 설명을 좀 더 쉽게 이해할 수 있다. 특히, 삼각함수는 일정한 구간 내에서 서로 직교 관계(orthogonality)를 가지고 있기에, 위의 함수 $H(\omega)$(또는 $H(f)$, 이때 $\omega = 2\pi f$) 값이 바로 직교 벡터 공간에서의 기저 벡터의 계수값에 해당하는 것으로 이해할 수도 있다. 따라서 이 경우 위의 수식에서 보인 것처럼 $h(t)$와 의 $e^{j\omega t}$의 내적(inner product)으로 나타낼 수 있다.

푸리에 변환과 관련하여 흥미로운 예를 한가지 설명하고자 한다.

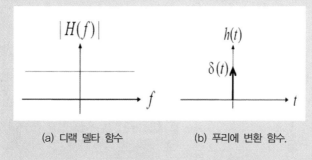

(a) 디랙 델타 함수   (b) 푸리에 변환 함수.

그림 2-1. 디랙 델타 함수와 푸리에 변환 함수.

(a)는 주파수 영역에서 모든 주파수 성분들에 대해 똑같은 계수값을 가지고 있는 경우를 보여주고, (b)는 시간축상에서 $t = 0$인 순간에만 '0'이 아닌 값을 가지는 디랙 델타 함수(Dirac delta function, 신호처리 연구 분야에서는 임펄스 함수(impulse function)라 부르기도 한다)를 나타낸다. 푸리에 변환에 의하면, 아래의 두 그래프는 물리적으로 같은 함수를 표현하고 있지만, 표현 방식은 극단적으로 다를 수 있다는 흥미로운 예를 보여준다.

　

일상생활 속에서 푸리에 변환을 직접 경험하는 예로는 옛날식 형광등과 아날로그 흑백텔레비전을 들 수 있다. 요즘은 헤아리기도 어려울 만큼 다양한 조명기구가 있지만, 그 당시 가정집 조명기구는 대부분 백열등과 형광등이 전부였다. 우리 집에는 백열등보다 전력 소모가 조금 작다는 이유로 안방이나 마루에 형광등이 설치되었던 것으로 기억한다. 형광등 아래 매달려 있던 도토리를 닮은 스위치를 켜면, 형광등 불빛이 몇 차례 깜박깜박하다가 마침내 밝게 빛나곤 했다. 이때 아날로그 흑백텔레비전에는 화면의 일부가 지지직 하면서 깨져 보였다.

그림 2-2. 옛날 형광등과 아날로그 텔레비전의 지지직 화면[5]

이때 위의 그림들을 이용해서 지지직 화면 현상의 이유를 설명할 수 있다. 깜박거리는 형광등 불빛은 시간축상에 디랙 델타 함수의 형태로 나타낼 수 있고, 이 깜박거림에 푸리에 변환을 수행하면 광대역 주파수 영역에서 에너지를 가지는 편편한 그래프로 표현된다. 즉, 이 그래프에는 넓은 주파수 대역에서 영향을 미치는 것을 알

5) (a) mk.co.kr, (b) koreatimes.net

수 있고, 아날로그 흑백텔레비전의 신호가 전송되는 방송국 주파수 영역에도 약하게나마 영향을 미쳐서 텔레비전 화면이 아주 짧은 시간 동안 지지직거리게 된다. 이처럼 우리 주변을 살펴보면 재미있는 공학적인 경험을 가끔 찾아볼 수 있다.

   *** 이 물건들을 일상생활에서 경험한 세대(世代)라면 아마도 흑백텔레비전이나 형광등과 관련한 재미있는 추억을 하나쯤은 가지고 있지 않을까 생각한다. 지금은 찾아보기가 많이 어려워졌지만, 동네마다 전파사가 있었고 애국가와 함께 방송이 시작되었던 평일 저녁 6시 또는 토요일 오후 시간 이후에는 으레 흑백텔레비전이 켜져 있었다. 전파사 앞을 지나칠 때면 혹시 재미난 것이 있나 해서 곁눈으로 힐끗 쳐다보곤 했던 추억이 있다. 개인적으로 어렸을 때 종교 생활과 멀어진 이유는 바로 전파사 흑백텔레비전에서 방영되었던 <타잔> 때문이었다. 또한 그 당시 전파사의 주요한 역할 중의 하나가 고장 난 텔레비전을 수리하는 것이었다. 고장 난 텔레비전 옆에서 애타게 전파사 아저씨를 기다렸던 기억이 아련히 떠오른다. 때로는 수신 신호가 약해서 텔레비전 화면이 잘 잡히지 않았는데, 이럴 때면 지붕이나 옥상에 설치한 안테나를 돌려가며 잘 수신되는 방향을 찾기 위해 수고를 아끼지 않았던 추억도 있다.

[주파수 응답 특성 찾기]

위에서 언급한 선형 시불변 시스템의 주파수 응답 특성을 얻기 위해 사용하는 일반적인 방법은 시스템에 임펄스 신호(디랙 델타 함수)를 가해서 나오는 출력 신호를 분석하는 방법이다. 이 출력 신호를 일반적으로 임펄스 응답 $h(t)$로 표현하고, 이 출력 신호에 푸리에 변환을 적용하여 얻어진 결과인 $H(\omega)$를 시스템의 주파수 응답 특성이라 부른다. 일반적으로 $H(\omega)$는 복소수 함수이어서, 극좌표계(polar coordinates)에서는 $|H(\omega)|e^{j\angle H(\omega)}$의 형태로 표현된다. 여기에서 $|H(\omega)|$ 부분은 주파수 응답 특성의 크기(magnitude)에 해당하고, $\angle H(\omega)$는 위상(phase)을 의미한다. 아래 그림들에서 볼 수 있는 것처럼, $|H(\omega)|$를 이용하여 공학 시스템의 특성을 대략 설명할 수 있다.

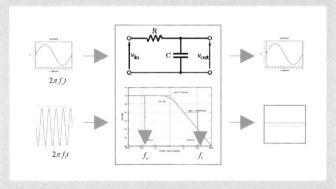

(a) 저주파 통과 필터

그림 2-3. 저주파 통과 필터와 고주파 통과
필터의 주파수 응답 특성과 입출력 관계

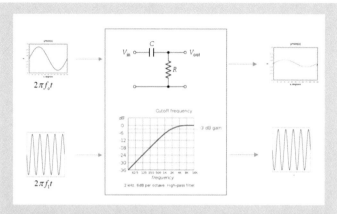

(b) 고주파 통과 필터

그림 2-3. 저주파 통과 필터와 고주파 통과
필터의 주파수 응답 특성과 입출력 관계

(a)와 같은 주파수 응답 특성을 가지는 시스템을 저주파 통과 필터
(low-pass filter), (b)와 같은 주파수 응답 특성을 가지는 시스템을 고주
파 통과 필터(high-pass filter)라고 각각 부른다. (a)에서 보이는 것처럼,
저주파 통과 필터는 저주파 성분인 주파수 f_0의 사인(sinusoidal) 함수가
입력값으로 가해졌을 때는 진폭에 큰 감쇠 없이 그대로 출력값으로 전달
되는 데 반해, 고주파에 해당하는 주파수 f_1의 사인 함수가 입력값으로
가해졌을 때는 출력값의 진폭이 크게 감쇠하는 것을 볼 수 있다. (b)에서
보이는 것처럼, 고주파 통과 필터는 저주파 통과 필터와는 정반대의 결
과를 확인할 수 있다. 그 외에 특정한 주파수 성분에 대해서만 반응하는
밴드 패스 필터(band-pass filter)와 노치 필터(notch filter) 등 다양한 필
터들이 존재한다. 그리고 위상 $\angle H(\omega)$ 그래프의 기울기 값은 바로 시
스템의 반응 지연 시간과 관련되어 있다.

이외에도 다양한 주파수 응답 특성을 가진 공학 시스템들이 존재한다.
흥미로운 한 예로, 아래 그림 2-4는 일반적으로는 그림 (a)의 저주파 통
과 필터처럼 동작하지만, 특별한 주파수(차단 주파수(cut-off frequency)
로 표시되어 있음)에만 크게 반응하는 공진을 가진 주파수 응답 특성을
보여주고 있다.

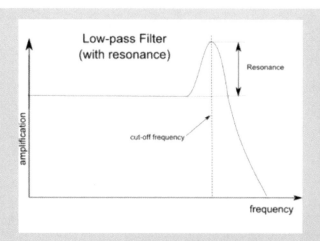

그림 2-4. 공진을 가진 저주파 통과
필터의 주파수 응답 특성

선형 시불변 시스템의 임펄스 응답 $h(t)$이 알려진 경우, 임의의 입력 $x(t)$가 시스템에 가해졌을 때 시간축 상에서 출력 $y(t)$를 다음과 같이 구할 수 있다. 자세한 유도 과정도 고등학교에서 배운 미적분의 기본 개념을 적용하면 쉽게 이해할 수 있다.

$$y(t) = \int_{-\infty}^{t} x(\tau)h(t-\tau)d\tau = x(t) * h(t)$$

위의 수식에 푸리에 변환을 다시 적용하면 입출력 함수는 다음과 같이 간략히 표현할 수 있다.

$$Y(\omega) = H(\omega)X(\omega)$$

$X(\omega)$와 $Y(\omega)$는 각각 입력과 출력 함수의 푸리에 변환을 의미한다. 일반적으로 공학 시스템은 비선형(nonlinear) 시스템인 경우가 많지만, 수학적으로 다루기가 쉽지 않은 관계로, 여러 가지 기법을 사용하여 선형 시스템으로 근사화하여 분석할 때가 많다.

인간의 심리적 반응 특성을 공학 시스템의 주파수 응답 특성을 통해 이해해 보고자 한다. 위에서 설명한 것처럼 주파수 응답 특성은 반응의 크기 정보와 반응 지연 시간 정보를 모두 포함한다. 반응의 크기에서 살펴보면, 동일한 환경에서 똑같은 외부 자극이 주어지더라도 사람들은 그 자극에 대해 심리적으로 다르게 반응하는 경우를 경험할 수 있다. 즉, 어떤 사람들은 "그럴 수도 있지."라고 하면서 가볍게 넘어가는 반면에, 또 어떤 사람들은 "도저히 있을 수 없는 일이다!"라고 펄쩍 뛰는 경우를 볼 수 있다. 이 현상은 주파수 응답 특성의 크기 부분인 $|H(\omega)|$가 사람마다 다르기 때문으로 해석할 수 있다. 반응의 크기뿐만 아니라 반응 속도 측면에서도 보더라도, 외부의 자극에 대해 비교적 빠른 반응을 보이는 사람과 시간이 조금 지난 뒤에 약간 느린 반응을 보이는 사람이 있다. 이 반응 속도 정보는 위에서 설명한 주파수 응답 특성의 위상 $\angle H(\omega)$과 관련되어 있다.

물론 인간의 심리적 반응은 분석하기가 훨씬 복잡하고 어렵겠지만, 위에서 설명한 것처럼 공학 시스템의 주파수 응답 특성과 유사한 부분도 충분히 있어 보인다. 흥미로운 경우로 공진을 가진 저주파 통과 필터의 주파수 응답 특성을, 일반적으로는 저주파 통과 필터의 주파수 응답 특성을 보이지만 특별한 사례에 대해서는 트라우마로 인해 과민하게 반응하는 사람의 행동 특성으로 해석할 수도

있지 않을까? 따라서 $|H(\omega)|$와 $\angle H(\omega)$ 정보를 이용하면 사람들의 심리적 반응을 시스템의 주파수 응답 특성의 관점에서 어느 정도 표현하는 것이 가능하지 않을까?

또 한 가지 위의 공학적인 내용을 배우고 가르치면서 아이러니하게 느껴지는 것은 위의 수식에서도 볼 수 있듯이 선형 시불변 시스템의 입력-출력 응답 특성을 완벽하게 찾아낼 때 필요한 것이 단지 한 찰나의 순간에 가해지는 임펄스 신호에 대한 시스템의 응답뿐이라는 것이다. "'탕' 한순간에 무한의 시간과 공간이 있다."라는 선불교 주장자(拄杖子)와는 또 어떤 연관성이 있는 것일까? 그리고 불교에서 말하는, 순간의 마음과 공(空)의 마음과는 어떠한 관련이 있을까? 오래전 학부에서 제어 공학 과목을 공부할 때, 수학적 접근으로 배울 때는 그저 당연한 것으로 받아들여졌던 내용이, 많은 세월이 지난 지금에 와서는 너무나 다른 의미로 마음에 다가온다. 교과목 시험을 위해서 공부할 때는 보지 못했던 생각이 세월이 많이 흐른 지금에서야 새로운 의미로 느껴진다.

B. 푸리에 변환 입장에서 바라본 공(空)의 마음

공(空)은 탁 트인 마음이다.

　불교 방송에서 경전을 강의하던 큰 스님의 말이다. 이를 공학적으로 접근하여 저주파 통과 필터를 통해 이해해 보고자 한다. [주파수 응답 특성 찾기]의 그림을 참고해주길 바란다. '탁 트인 마음'은 (a)에서 보이는 것처럼 일상에서 일어나는 상황들(공학적으로는 주파수 영역)에 아무런 차별 없이 똑같은 값을 가지는 마음의 스펙트럼에 해당하지 않을까 한다. 이 마음의 스펙트럼을 현실의 시간 축상에서 이해하기 위해 (a)에 푸리에 역변환을 취하면 (b)처럼 나타낼 수 있고, 이것을 오고 감이 없는 '순간의 마음'으로 이해할 수 있겠다. 결국 '탁 트인 공(空)의 마음'과 '순간의 마음'은 각각 공간 영역과 시간 영역에서 표현되어 겉모양만 다를 뿐 같은 의미임을 이해할 수 있다. 그러면 완벽한 찰나의 순간의 마음을 우리의 일상에서 이룰 수 있을까? 또는 공간상에서 똑같은 값을 가지는 넓은 마음의 스펙트럼이라는 것이 현실적으로 가능할까? 이것은 분명 부처(佛)와 신(神)의 영역이리라 생각한다.

　나 자신을 살펴보면, 기껏 제한된 범위(일상에서 예를 들어 본다면 가족이나 가까운 지인들)의 마음 스펙트럼에서만 상대적으로 안정된 관심과 사랑을 유지할 수 있고, 그 외의 마음 스펙트럼에서는 큰 관심이 없거나 무관심할 때가 많다. 이를 공학적 관점에서 보면, 아래의 (a)처럼 특정 주파수 대역에서만 안정적으로 마음의 반응을 유지하는 그래프로 표현할 수 있다. 이와 같은 주파수 응답 특성에 푸리에 역변환을 적용하면 아래 (b)와 같은 결과를 얻게 된다. 이 그래프를 공학 분야에서는 싱크 함수(sinc function)이라고 부른다.

그림에서 볼 수 있듯이, $t = 0$(현재)뿐만 아니라 $t < 0$(과거)와 $t > 0$(미래)에도 '0'이 아닌 값을 가짐을 확인할 수 있다. 더 이상 순간의 마음이 아닌 것을 확인할 수 있다. 이와 같은 파형을 앞에서 언급한 마음의 연관성으로 해석할 수 있지 않을까? 그러나 (a)에서 마음의 스펙트럼이 넓어질수록(즉 ω_c가 증가할수록), (b)에서 첫 번째 파형의 폭이 좁아진다는 것을 확인할 수 있다. 극단적으로 마음의 스펙트럼이 무한대($\omega_c \to \infty$)에 다가가면, 그래프는 디랙 델타(임펄스) 함수, 즉 순간의 마음에 수렴하게 된다. 아래의 공학적인 내용에서 볼 수 있는 것처럼, 2차원에서도 마음 스펙트럼이 넓어질수록 더욱 선명한 정지 영상(또는 사진)을 인식할 수 있음을 분명하게 관찰할 수 있다.

[저주파 통과 필터의 주파수 특성]

(a)는 이상적인 저주파 통과 필터의 주파수 응답 특성 그래프이고, (b)는 이 저주파 통과 필터의 주파수 응답 특성에 앞서 설명한 푸리에 역변환 공식를 적용하여 얻은 싱크 함수(Sincfunction)이다. (a)에서 주파수 스펙트럼이 무한대($\omega_c \to \infty$)에 다가갈수록, 아래 그림의 (a)와 (b)는 그림 2-1의 (a)와 (b)에 각각 수렴함을 알 수 있다.

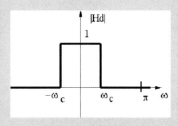

(a) 주파수 특성

그림 2-5. 저주파 통과 필터의 주파수
특성과 시간축상에서의 응답 특성

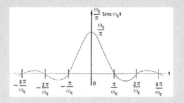

(b) 시간축상에서의 응답 특성

그림 2-5. 저주파 통과 필터의 주파수
특성과 시간축상에서의 응답 특성

같은 현상을 2차원 정지 영상으로 좀 더 명확하게 확인할 수 있다. 1차원의 그림 2-5의 (a)와 (b)를 2차원으로 표현하면 그림 2-6과 같다.

그리고 대표적인 2차원 정보인 정지 영상에 그림 2-6의 (a)와 (b)를 적용해 보면, 그림 2-7의 결과를 얻을 수 있다. 사진들에서 확인할 수 있듯이, 수직 방향과 수평 방향으로 각각 ω_c가 증가할수록(위의 그림 2-6 (b)에서 보이는 것처럼 평면상에서 싱크 함수의 메인 리플 폭이 감소할수록), 더욱 선명한 2차원 정지 영상을 얻을 수 있다.

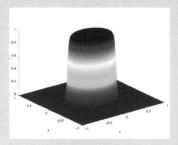

(a) 주파수 특성

그림 2-6. 2차원 공간에서의 저주파 통과 필터의 주파수 특성과
시간축상에서의 응답 특성

(b) 시간축상에서의 응답 특성

그림 2-6. 2차원 공간에서의 저주파 통과 필터의 주파수 특성과
시간축상에서의 응답 특성

ω_c가 증가

　‘순간의 마음’과 ‘탁 트인 공(空)의 마음’을 앞에서 설명한 ZIR와 ZSR을 이용하여 한번 이해해 보고자 한다. 만약 순간의 마음이라면 이미 지나간 과거와 아직 오지 않은 미래의 세상에서 전해져 온 마음의 물결(ZIR)을 ‘0’으로 만들 수 있다. 동시에 현재 세상의 외부 자극으로 인한 ZSR은 디랙 델타 함수의 형태로 나타날 뿐 더 이상의 마음의 물결은 발생하지 않는다는 것을 의미한다. 정리해 보면, 순간의 마음으로 세상을 바라보고 살아낸다면 마음의 물결은 ‘항상(always)’ 또는 최소한 ‘거의 항상(almost always)’ ‘0’의 값을 가질 수 있다. 좀 더 현실적으로 표현한다면, 마음의 MSE(mean square error) 값을 ‘0’으로 유지할 수 있을 것이다. 이 상태를 물결이 일지 않는 맑은 호수같이 평온한 마음이라 할 수 있지 않을까 한다. 따라서 ‘공(空)의 마음’ 상태를 수학식으로 표현하면 다음과 같지 않을까 한다. 먼저 최고의 깨달음의 경지인 무상정등각(無上正等覺)은 다음의 수식으로 표현할 수 있을 것 같다. 이것이 우리가 추구해야 할 진정한 마음의 원점이 되어야 할 것이다.

$$\text{마음의 물결}^{always} = 0$$

조금은 현실적으로, 거의 완전한 깨달음의 경지는 다음의 수식처럼 표현할 수 있지 않을까 생각한다.

$$\text{마음의 물결}^{almost\ always} = 0$$

$$MSE_{\text{마음}} = \int_{=\infty}^{\infty} (\text{마음의 물결})^2 dt = 0$$

한 번도 경험해 본 적은 없지만, 이런 공(空)의 마음일 때 '나'에 대한 집착이 사라지고 마음은 허공처럼 거울처럼 맑고 고요해진다고 한다.

마음의 스펙트럼: 그렇다면, 마음의 스펙트럼을 넓힐 수 있는 현실적인 방법에 어떤 것이 있을까 궁금하다. 지속적으로 마음의 매듭을 풀고 또 푸는 방법은 어떨까? 현실에서 마음의 스펙트럼을 넓힌다는 의미는 주위에서 일어나는 다양한 상황과 사건에 대해 흔들림 없이

한결같은 마음을 유지하는 것으로 해석할 수 있을 것 같다. 성경의 가르침대로 원수를 진실한 마음으로 사랑할 수 있을 만큼 넓은 마음 스펙트럼을 가진다면, 이 세상의 모든 사람을 모두 사랑할 수 있을 것이고, 이것은 곧 한결같은 마음으로 세상의 모든 것과 마주하는 것이 아닐까 한다. 이것이 불교의 '공(空)의 마음' 그리고 '순간의 마음'과 관련이 있지는 않을까? 오래전 외갓집 낡은 천정에 대롱대롱 매달려 있다가 깜박거리며 켜지던 형광등에 '순간의 마음'이 담겨있었음을 새삼 새롭게 느낀다.

또 다른 방법으로 이웃에 대한 봉사를 몸으로 먼저 실천함으로써 차츰 마음 스펙트럼을 넓히는 길은 어떨까? 이 내용은 행동을 통해 인식이 형성될 수 있다는 행동주의 학습 이론과도 연관 지어서 공부해 볼 수 있지 않을까 한다. 실생활 속에서 진정 아무런 대가를 기대하지 않는 순간의 마음으로 행한 아주 작은 공덕(功德)의 실천이 생각보다 효과 있는 마음의 수련 방법이 될 수도 있지 않을까. 사회봉사를 많이 하시는 분들이 공통으로 하는 말 중에 "봉사를 통해 스스로 더 많이 얻고 간다."라는 게 있는데, 이와 같은 맥락에서 머리로는 이해되는 부분이 있다.

성경 속 "오른손이 하는 일을 왼손이 모르게 하라."라는 말씀이 생각난다. 지금껏 타인(他人)이 주목하지 않을 때 또는 알아주지 않을 때라도 보이지 않는 곳에서 올바른 일을 행하라는 정도로 이해하고 있었다. 그러나 공(空)의 마음 그리고 순간의 마음에서 다시 한번 이해해 보면, 왼손과 오른손 사이에는 타인의 시선 이전에 '나의 마음'이 존재하고, 따라서 '나의 마음'조차도 알아차리지 못하게 올바른 일을 실천하라는 뜻은 아닐까? 진정 공(空)의 마음과 순간의 마음으로 오른손이 실천한 일은 왼손이 알 수도, 알 필요도, 그리고 알아야 할 이유도 없는 것이구나! 이 성경 한 구절에는 더 많은 의미가 있을 수도 있지 않을까 생각해 본다. 그러나 이 또한 머리가 아닌 마음과 몸으로 실천하기 위해서는 어마어마한 수련과 노력이 있어야 가능할 것 같다.

공(空)의 마음과 순간의 마음이 필요한 현실적인 이유 중에 지금 '나'의 모습을 제대로 인식하고 파악하기 위한 것도 포함되지 않을까 한다. 한 가지 예를 들어 얘기하면, 친구와의 약속 장소를 정할 때 그 위치를 쉽게 설명하기 위해 주위의 이정표를 이용한 경험이 있을 것이다. 예를 들면, "○○역 지하철 2번 출구로 나와서 ○○은행을 오른쪽에 두고 돌아서 50m 정도 오면 ○○제과점이 보이고 그 맞은편에 있는…."과 같은 것이 아닐까 한다. 지금 '나'의 마음의 상태나 위치를 이렇게 설명할 수 있을까? 쉽지 않다. 그 이유 중의 하나가 '나'의 마음에서 움직이지 않는 이정표나 기준점을 찾기가 어렵기 때문이겠다. 따라서 욕망과 욕심으로 마음이 얼마만큼 출렁이고 혼탁한지를 스스로 알아차리지 못하는 것이 아닐까 생각한다. 흔들리지 않는 맑은 마음의 상태를 깨닫고 항상 기억하고 있어야지만 지금 '나'의 마음이 얼마나 출렁이고 혼탁한지를 깨달을 수 있을 것이다. 이처럼 기준이 될 수 있는 마음이 바로 공(空)의 마음과 순간의 마음이 아닌가 한다.

C. 트라우마 대처를 위한 제어 공학적 접근

어떻게 해야 스트레스나 트라우마에서 벗어날 수 있을까? 아마도 가장 쉬운 방법은 트라우마를 자극하는 외부 상황을 또다시 만들지 않는 것이다. 그러나 외부 자극 중에는 나의 의지만으로는 어찌할 수 없는 부분이 분명히 존재하기 때문에, 외부 자극에 대한 나 자신의 반응을 조절하는 방법도 동시에 필요해 보인다. 이에 대한 공학적인 대처 방안으로 제어 공학 분야의 제어기 설계 개념을 '기본적인 나'와 '인식하는 나'에 한번 적용해 보고자 한다.

[제어기 설계]

전기전자 공학 분야의 학부 과목인 제어 공학에서는 아래의 그림 2-8에서 볼 수 있듯이 특정한 응답 특성을 가지는 제어 대상(plant)의 출력값이 가능한 한 빠르게 원하는 값에 안정적으로 도달할 수 있도록 제어기(controller)를 설계하는 기법을 공부한다.

간략히 설명하면, 제어기는 검출부(센서)에서 현재 출력값을 확인하고 원하는 목푯값과의 차이를 계산한 후 그 오차를 제어기에 입력값으로 넣어줌으로써 제어 대상의 출력값이 빠르게 목푯값에 도달할 수 있도록 설계된다. 동시에 제어 대상은 잡음(noise), 불확실성(uncertainty), 외란 (disturbance) 등의 영향을 받음으로써 원하는 출력을 얻는 데 부정적인 영향을 미칠 수 있다. 따라서 제어기는 이와 같은 잡음, 불확실성, 외란 의 영향을 최소화할 수 있도록 설계되어야 한다. 또한 시스템이 제대로 동작하기 위해서는 센서들이 현재 제어 대상의 출력값을 순간적으로 모 니터링한 후 피드백 루프를 통해 가능한 한 작은 시간 지연으로 제어기 에 전달해야만 한다. 시간 지연이 커지면 전체 시스템의 성능이 크게 저 하될 수 있고 안정성에도 큰 악영향을 미칠 수 있기 때문이다.

(a) 제어 대상의 입출력 블록 다이어그램

그림 2-8. 공학 시스템의 제어기 설계

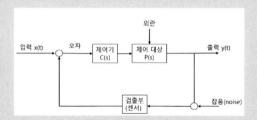

(b) 제어기가 포함된 시스템의 블록 다이어그램

그림 2-8. 공학 시스템의 제어기 설계

위에서 언급한 전달 함수는, $F\{h(t)\} = H(\omega)$의 개념과 비슷하게, 임 펄스 응답 $h(t)$의 라플라스 변환(Laplace transform)으로 다음과 같이 정의된다.

$$H(s) = L\{h(t)\} = \int_{0-}^{\infty} h(t)e^{-st}dt$$

이는 $s = \sigma + j\omega$로 표현되며 복소(複素) 변수를 의미한다. 또한 아래에서 볼 수 있는 것처럼, 전달 함수는 입력 함수 $x(t)$와 출력 함수 $y(t)$의 라플라스 변환의 비로 나타낸다.

$$H(s) = \frac{Y(s)}{X(s)}$$

위의 그림 2-8의 (a)와 (b)에서 전달 함수는 각각 다음과 같이 표현된다. 편의상 그림 (b)는 외란이나 잡음을 고려하지 않은 단순한 형태로 나타냈다.

$$H_P(s) = P(s)$$

$$H_{CP}(s) = \frac{C(s)P(s)}{1 + C(s)P(s)}$$

이때, 주어진 제어 대상의 전달 함수 $P(s)$에 불안정한 폴(unstable pole, 즉 s-plane(복소수 평면)에서 실수값이 양인 영역($\sigma > 0$)에 위치한 pole)이 있는 경우, 시스템의 임펄스 응답은 무한대로 발산하게 되고 시간이 지남에 따라 시스템은 결국에는 망가지게 된다. 기존 제어 대상 시스템에 위의 그림에서 보이는 것처럼 제어기 $C(s)$를 적절히 설계하여 추가함으로써 제어 대상 시스템의 출력을 불안정하게 만들 수 있는 요소들의 영향을 제거하고, 전체 시스템의 출력이 짧은 과도기 시간(transient period)을 거쳐 목푯값에 빨리 도달하게 안정화시킬 수 있다. 이와 같은 성능은 시스템의 안정성을 평가하는 중요한 지표로 사용된다.

인간의 트라우마를, 위에서 설명한 공학 시스템의 전달 함수에서 분모를 '0'으로 만드는 불안정한 폴로 해석할 수 있지 않을까 한다. 공학 시스템에서는 이러한 불안정한 폴이 있으면 시스템의 임펄스 응답이 무한대로 발산하여 결국 시스템이 망가지게 된다. 인간의 마음이나 행동을 분석해 보면, 트라우마를 만든 과거의 아픈 경험과 유사한 외부 자극이 가해지면 대체로 쉽게 평정심을 잃어 비정상적이고 불안한 심리적 응답이 나타나고 많은 심적 고통을 겪는다. 이와 같은 관점에서 본다면, 위에서 설명한 공학 시스템의 불안정한 폴과 인간의 심리적 트라우마 사이에는 유사점이 많아 보인다.

인생을 살아가면서 많은 어려움과 고난을 겪을 때, 마음의 상처와 함께 새로운 트라우마가 생겨날 수 있다. 이 현상을 공학 시스템의 전달 함수 측면에서 바라본다면, 외부 환경적인 요인에 의해 '기본적인 나'의 전달 함수 $P(s)$에 새로운 불안정한 폴이 추가되는 것으로 해석할 수 있겠다. 그러니 '기본적인 나'의 마음속에서 항상 꿈틀거리고 있는 욕심도 트라우마와 마찬가지로 제어 공학적으로 해석할 수 있겠다고 생각했다.

이제, 위에서 설명한 공학적 제어기 $C(s)$ 설계 과정을 우리 인간에 적용해 보면 아래의 그림 2-9의 (a)와 같이 표현할 수 있지 않을까? 제어 대상 $P(s)$에 해당하는 것이 트라우마를 겪고 있는 '기본적인 나'고, 제어기 $C(s)$는 위에서 언급한 '인식하는 나'로 표현될 수 있지 않을까 한다. 센서는 순간적으로 현실의 모습에서 어리석은 내 모습을 알아차리는 것으로 나타낼 수 있을 것 같다. 여기에 제어기 $C(s)$를 적절히 설계하여 추가함으로, 제어 대상 시스템의 출력을 안정화시킬 수 있다는 제어 이론의 논리를 적용해 보면, 결국 전체적인 '나'의 반응은 '인식하는 나'에 새로운 기능을 추가함으로써 충분히 수정 및 보완 가능하다고 해석할 수 있다.

살아가면서 마음공부와 수행이 필요한 현실적인 이유가 이 때문이 아닐까 한다. 그러나 먼저 전제되어야 할 조건은, 위에서 언급한 공학 시스템처럼 인간도 자기 자신의 모습을 순간적으로 알아차리고, 있는 그대로의 모습을 '인식하는 나'에게 전달하는 것이다. 왜곡된 정보나 시간 지연이 크면 인식 시스템의 성능이 크게 저하되거나 제대로 동작하지 않을 수도 있다. 자기의 정확한 성찰이 바로 트라우마나 스트레스를 극복하고 성숙한 인간으로 성장하기 위한 첫걸음이구나 싶다. 그리고 그림 2-9의 (a)를 통해 앞에서 컴퓨터 네트워크의 계층 구조를 이용하여 살펴본 '나'의 정의를 다시 표현해 보면 그림 2-9의 (b)처럼 표현될 수 있지 않을까 한다.

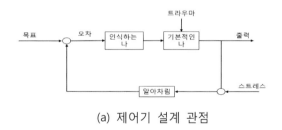

(a) 제어기 설계 관점

그림 2-9. 공학 시스템 입장에서 바라본
인식하는 나와 기본적인 나의 관계

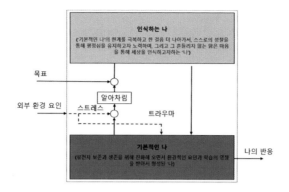

(b) 제어기 설계 및 네트워크 계층 구조 관점

그림 2-9. 공학 시스템 입장에서 바라본
인식하는 나와 기본적인 나의 관계

    그렇다면, 얼마나 빨리 알아차려야 현재 내 마음의 모습을 정확하게 이해한다고 볼 수 있을까? 전자 공학의 신호 처리(signal processing) 분야에서는 신호의 특성을 정확하게 이해하는 동시에 샘플링(sampling) 후 얻어진 이산 시간(discrete time) 데이터로부터 원래의 연속 함수를 완벽하게 복원하기 위해선 얼마만큼 빨리 샘플링 과정이 이루어져야 하는지에 대한 해답을 나이퀴스트 샘플링 이론(Nyquist samplingTheorem)을 통해 찾는다. 이는 신호가 포함한 최대 주파수 성분의 2배 이상의 속도로 샘플링을 하면 이론적으로 이상적인 저주파 통과 필터를 사용하여 완벽한 복원이 가능하다고 말한다.

[나이퀴스트 샘플링 이론]

Nyquist sampling Theorem(Signals and Systems by Poularikas and Seely)

A finite energy function $f(t)$ having a band-limited Fourier transform (that is, $F(\omega)$ for $|\omega| > \omega_N$) can be completely reconstructed from its sampled values $f(nT_s)$ with

$$f(t) = \sum_{n=-\infty}^{n=\infty} T_s \cdot f(nT_s) \left\{ \frac{\sin\left[\dfrac{\omega_s(t-nT_s)}{2}\right]}{\pi(t-nT_s)} \right\}, \; \omega_s = \frac{2\pi}{T_s}$$

provided that $\dfrac{2\pi}{\omega_s} = T_s \leq \dfrac{\pi}{\omega_N} = \dfrac{\pi}{2\pi f_N} = \dfrac{T_N}{2}$

우리가 일상에서 나이퀴스트 샘플링 이론을 직접 눈으로 경험할 수 있는 예가 영화 속 마차의 바퀴이다. 텔레비전에서 방영되는 영화를 보면서, 빨리 달리는 마차의 바퀴가 달리는 방향과 반대 방향으로 돌고 있는 것처럼 느낀 경험이 있을 것이다. 똑같은 영화를 영화관에서 보면 분명 달리는 방향으로 바퀴가 돌고 있는 것처럼 보이는데 말이다. 그 이유를 바로 나이퀴스트 샘플링 이론으로 설명할 수 있다. 텔레비전은 초당 25~30장의 영상을 전송하는 데 비해, 영화는 최소 60~72장 이상을 디스플레이한다. 즉, 텔레비전에서는 바퀴의 움직임 대비 최대 속도 2배 이상으로 샘플링하지 못해 에일리어싱 (aliasing) 현상이 발생하여 바퀴가 거꾸로 돌아가는 것처럼 보인다.

이 이론에 근거하면, '나'의 마음의 변화 속도보다 2배의 속도로 내 모습을 알아차려야 그것을 완벽하게 이해할 수 있다. 여기에서 고민해야 할 부분이 내 마음의 변화 속도이다. 문제는 '이러쿵저러쿵하여 내 마음이 빛의 속도로 움직인다면'이 되겠다. 완벽하게 알아차리기가 몹시 어렵거나 불가능할 것임을 직관적으로 느낄 수 있다. 이론적으로 가능한 해결책은 내 마음의 변화 속도를 최대한 낮추고 동시에 알아차림의 속도를 최대한 높이는 길뿐이다. 제대로 마음을 살펴보지 못하면 위에서 언급한 마차의 바퀴처럼 전혀 다른 상황으로 잘못 인식할 수 있음을 항상 경계해야 할 것 같다. 알아차림 하나조차도 많은 자기 성찰과 마음 수련이 필요한 어려운 과정이기에, 이를 기반으로 안정적인 전체 시스템을 구축하기 위한 '인식하는 나'의 완성은 더욱더 요원한 일인 것처럼 보인다. 하지만 결코 멈출 수 없는 긴 인생 여정의 숙제가 될 것 같다.

D. 마음의 불편함을 덜기 위한 정보통신 공학적 접근

나는 왜 마음의 불편함이나 번뇌를 느껴야만 하는 것인가? 그 이유만이라도 먼저 어렴풋이나마 이해할 수 있다면 일상을 살아내는 동안 큰 도움이 될 것이다. 이번에는 질문에 답하기 위해 내가 현재 전공하는 정보통신 공학 분야의 동영상 전송 기술을 적용해 보았다.

먼저, 우리 마음이 외부의 현상에 얼마나 비합리적이고 주관적으로 매듭을 매는지 보여주는 재미있는 공학 실험을 소개하고자 한다. 내가 대학원 석사 과정 동안 로봇 제어 관련 연구를 수행하는 연구실에서 공부할 때 보았던 실험이다.

이 실험 동영상에서는 로봇이 불확실성이 많은 현실 환경에서도 인간처럼 중심을 잘 잡고 걸어 다닐 수 있는지를 테스트한다. 최근에는 많은 사람이 이미 익숙한 모습이지만, 그 당시만 하더라도 인간처럼 걷는 2족 로봇은 아주 신기한 것이었다. 관련 동영상은 아마도 인터넷상에서 쉽게 검색할 수 있을 것으로 생각한다. 영상 속에서 실험자는 걷고 있는 로봇을 발로 밀치며 보행을 방해한다. 이때 로봇은 인간처럼 움직이며 재빨리 균형을 다시 잡고 넘어지지 않는 것을 관찰할 수 있다. 실제로 다양한 공학 분야에서 시스템의 성능을 평가하는 일반적인 과정이기도 하다.

그러나 이 동영상을 보며 마치 학대받는 것 같아 로봇이 불쌍하다고 느끼는 사람들이 많다고 한다. 즉 움직이는 기계인 로봇에 대해 사람들이 뚜렷한 감정이입 현상을 보인다는 것이다. 고장이 나서 움직이지 않는 고철 덩어리 기계를 고물상에서 망치로 부수는 장면을 볼 때, 본인과 오랫동안 직접적인 관련이 있거나 특별한 인연이 있는 기계가 아니라면, 기계가 불쌍하다고 느끼는 사람은 아마도 많지 않을 것이다. 이 현상은 우리의 마음이 무상(無常)의 세상에서 얼마나 주관적으로 마음의 매듭을 맬 수 있는지를 보여준다고 개인적으로 생각한다.

이외에도 다양한 착시 현상을 통해 인간이 얼마나 주관적으로 때로는 비합리적으로 마음의 매듭을 묶을 수 있는지 쉽게 확인할 수 있다.

*바람이 불고 멈추듯, 맺어지고 풀리는 인연(因緣)에 어찌
마음의 매듭을 매고자 하는가?
거미집(김 삿갓의 '去無執')이 무상(無常)의 바람에 매듭을
묶어 (바람을) 붙잡고자 하니 하염없이 흔들리는 것처럼,
마음이 무상(無常)의 인연에 매듭을 묶어 연연하니 끊임없
는 번뇌가 생길 뿐.*

여기에서는 마음의 매듭이 생겨나는 이유를 영화(映畵)의 예를 들어 이해해 보고자 한다. 먼저, 압축되지 않은 원본 동영상은 정지 영상들의 단순한 나열이라고 말할 수 있다. 각 정지 영상은 오고 감이 없기에 당연히 움직임이 없다. 2장의 A와 B에서 설명한 저주파 통과 필터의 특성을 가진 인간 눈에 한 장의 영상이 비치면, 그 정지 영상이 없어진 후에도 일정 시간 동안 눈의 망막에 잔상(殘像)이 남게 된다. 그 잔상이 온전히 사라지기 전에 다음 정지 영상들이 계속해서 망막에 투사되면, 인간은 연속된 정지 영상들로부터 움직임을 느끼게 된다. 결과적으로 인간 눈의 잔상 효과가 연속된 정지 영상들을 움직임이 있는 동영상으로 느끼게 만드는 것이다.

위의 예를 토대로 설명한다면, 마음의 매듭을 묶는 행동은 오고 감이 없는 정지 영상에서 착시 현상으로 움직임을 느끼고 그 움직이는 대상에 집착하게 되는 현상이라고 할 수 있겠다. 만약 매 순간의 마음이 남기는 잔상을 빨리 없애고 그래서 다음 순간의 마음과의 연관성을 끊고 완벽하게 독립된 순간의 마음을 받아들일 수 있다면, 마음의 매듭은 애초에 생기지 않을 수 있지 않을까? 그렇다면 일상에서 일어나는 수없이 많은 강렬한 마음의 자극으로 만들어지는 잔상을 어떻게 벗어날지에 대한 해답을 여기서 찾을 수 있을 것이다.

너무 강렬한 자극이 망막에 가해지면 눈에 심각한 손상을 입는 것처럼, 마음도 강한 외부 자극으로 인해 장기적인 트라우마를 겪을 수 있다. 이를 해결하기 위한 현실적인 접근법은 가능하면 제어할 수 없는 외부의 상황이 마음에 강렬한 자극이 되지 않도록 노력하는 것이 될 것이다. 부득이하게 벌써 마음에 강한 자극이 주어진 상황이라면, 외부 자극이 마음에 남기는 잔상의 시간을 줄여서 순간의 마음 간에 존재하는 잔상의 영향이 최소가 될 수 있도록 끊임없이 노력해야 할 것이다. 그렇게 된다면 순간마다 빠르고 새로운 출발이 가능하지 않을까? 아니, 적어도 하루 중 잃어버리는 시간을 최소화할 수 있을 것이다. 그렇게 찾은 시간을 내 모습을 직시할 기회로 삼을 수도 있을 것이다.

이러한 생각의 도출은 우리 연구실에서 진행하고 있는 실시간 미디어 전송 시스템에서도 유사하게 경험할 수 있다.

[동영상 압축 기술과 비트 에러]

동영상 압축 및 전송은 기존의 텍스트 데이터나 음성 정보에 비해 많은 네트워크 자원을 필요로 한다. 따라서 데이터양을 줄이기 위한 동영상 압축 기술이 필수적이다. 효율적인 동영상 압축을 위해서 동영상 자체에 존재하는 공간적 중복 데이터(spatial redundancy)와 시간적 중복 데이터(temporal redundancy)를 제거하는 다양한 기술이 개발되었다. 동영상 압축 기술을 간략히 개념적으로 표시하면 아래의 그림 2-10과 같다. 인간의 시각적 특성을 고려하여 공간적 중복을 제거하기 위해서 DCT(discrete cosine transform)와 웨이블릿 변환(wavelet transform)을 포함한 다양한 변환을 적용하며, 시간적 중복성을 극복하기 위한 대표적인 기술인 예측 부호화(predictive coding; 이미 압축되거나 전송된 이전의 프레임을 참조하여, 원본 데이터를 직접 전송하는 대신에 현재의 사진 조각과 비슷한 부분을 이전 프레임에서 찾고, 그 다음 잔류 데이터만을 전송하는 기법)도 사용한다. 이를 통해 전송 데이터의 에너지를 크게 낮출 수 있으며, 결과적으로 엔트로피를 낮춰서 압축 효율을 높일 수 있다.

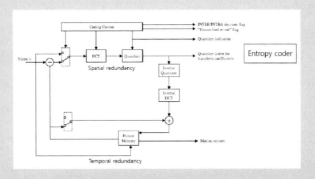

그림 2-10. 동영상 압축기의 블록 다이어그램

반면에 압축 효율이 높아진 만큼 하나의 비트에 포함된 영상 정보의 양이 증가하게 되고, 엄청난 양의 압축 동영상 데이터 중에서 단 하나의 비트에서 오류가 발생할 때도 현격한 동영상 화질의 저하를 경험하게 된다. 아래의 예를 보면 쉽게 이해할 수 있다. 그림 2-11의 (a)과 같이, 심볼들이 확률적 분포를 가진 경우, 허프만 코딩(Huffman coding)을 적용하면 심볼당 평균 비트율을 최소화하기 위해 트리 형태로 각 심볼의 비트 패턴이 결정된다. 이때 수신된 비트 스트림의 한 비트에서 오류가 발생하면, 많은 데이터 복호화(decoding) 과정에 심각한 오류가 발생한다. 그러면 (b)처럼 화면이 심각하게 훼손된다.

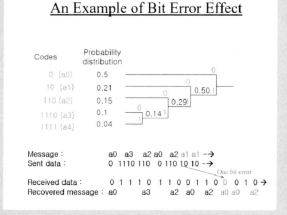

(a) 비트 에러가 엔트로피 인코더에 미치는 영향

그림 2-11. 전송 에러의 영향

(b) 비트 에러로 인한 동영상 화질의 열화

그림 2-11. 전송 에러의 영향

동시에 시간적 중복성을 제거하기 위해 사용된 예측 부호화의 영향으로
깨진 화면은 그다음 화면에 영향을 미쳐 아래 그림 2-12에서 보이는 것
처럼 화질의 저하를 초래하게 된다. 위에서 설명한 것처럼 전송 도중에
오류로 인해 데이터 일부가 손상된 경우, 아래 그림의 4번째 영상에서처
럼 화면 일부가 손상되고, 이 손상이 그다음 영상들로 전파된다. 이 오류
의 영향을 가능한 한 빨리 벗어날 수 있는 간단한 방법은 오류가 발생한
이후에는 예측 부호화 기법의 사용을 잠시 중단하고 공간적 중복성만을
제거하는 영상 압축 방식(I-frame)을 사용하는 것이다. 오류를 효과적으
로 발견하기 위해서는 수신 측의 피드백 정보가 유용하게 사용될 수 있
다. 이를 통해 이전의 영상과의 연관성을 제거할 수 있기 때문이다.

그림 2-12. 전송 중 발생한 오류가
시간축상에서 동영상 화질에 미치는 영향

인간의 인식 시스템을 위에서 언급한 유무선 통합 네트워크를 통한 동영상 압축 및 전송 개념에 비유해서 설명해 보고자 한다. 위의 그림 2-10에서 보이는 것처럼, 동영상 정보 자체에 포함된 시간적 중복성을 제거하여 압축 효율을 향상하기 위해, 동영상 압축기(video codec)는 예측 부호화(predictive coding) 기법을 사용한다. 간략히 설명하면 이는 이미 전송된 이전 영상을 참조하여 현재 영상 전송에 필요한 데이터의 엔트로피를 감소시켜 인코더에서 만드는 데이터의 양을 감소시킨다. 인간의 인식 시스템도 이 예측 부호화 기법과 유사한 부분을 가지고 있는 것으로 보인다. 자신의 과거 경험이나 습득한 지식을 반영하여 가능한 한 빨리 쉽게 현재 상황을 인식하고 분석하여 문제에 대한 해답을 효율적인 방법으로 얻으려는 경향이 있기 때문이다. 이러한 기술을 사용하여 많은 경우에 비교적 합리적인 해답을 얻을 수 있다.

하지만 예측 부호화 기법으로 인해 정지 영상들 사이에 의존성이 생겨나는 것처럼, 앞에서 언급한 인간의 인식 방식으로 인해 마음이나 생각에 관성이 생겨날 수 있고, 이 관성이 순간의 마음 간에 연관성으로 이어질 수도 있다. 또한 그림 2-11처럼 전송 오류 때문에 참조 영상(reference image)이 깨진다면, 그림 2-12에서 보이는 것처럼 예측 부호화 기법 때문에 이후의 많은 영상의 화질이 크게 저하될 수 있다. 유사한 까닭으로 인간의 인식 시스템도 과거 경험이나 지식의 오류로 인해 또는 변화한 주위 상황에 대한 인식 부족으로 인해 과거의 경험이 지금의 문제를 이해하는 데 오히려 부정적인 영향을 미칠 수 있음을 간과하면 안 될 것이다.

이에 대한 해결책으로, 동영상의 전송 오류를 극복하기 위한 공학적인 기술들을 인간의 인식 시스템에 적용해 보았다. 먼저 미디어 전송 시스템에는 전송 오류 발생을 줄이기 위한 효과적인 네트워킹 기술이 필요하며, 압축 동영상 데이터 자체를 보호하기 위한 다양한 기술도 필요하다. 이처럼 인간도 경험이나 지식의 오류나 외부의 부정적인 환경 요인이 '나'의 인식 시스템에 부정적인 영향을 미치지 않도록 지속적으로 자신의 마음을 살펴보아야 하겠다. 만약 오류가 발생했다면, 동영상 압축이 I-frame을 삽입함으로써 전송 오류의 영향으로부터 빠르게 벗어날 수 있는 것처럼, 인식 시스템의 오류나 오작동을 가능한 한 빨리 알아차리고 순간의 마음으로 이전의 오류로부터 마음을 온전히 지켜낼 방법을 마련하는 것이 필요할 것이다.

또 다른 관점에서 생각해 보면, 내 마음에 발생하는 오류는 일상생활 속에서 인식 없이 연속적으로 달리기만 할 것이 아니라, 가끔은 멈추어 서서 순간의 모습과 마음을 바라보라는 의미도 있지 않을까 생각해 본다. 우리의 일상은 연속적인 시간 속에서 이루어지고 있기에, 내 마음이 만든 세상에 갇혀 무지(無知)한 상태로 관성에 의해 지낼 가능성이 있다. 이를 극복하기 위해서, 공학적 표현을 빌리자면, 연속 시간 영역(continuous time)에서 벗어나 이산 시간 영역(discrete time)에서 순간의 마음을 확인하고, 이를 통해 오고 감이 없음을 깨달으며, 지금까지의 마음의 잔상을 지우고 그 순간만이라도 다시 한번 자신의 마음과 모습을 바라보라는 의미가 담겨 있는 것은 아닐까 추측해 본다. 수십 년 동안 유무선 통합 네트워크를 통한 동영상 전송 기술을 연구해 오면서도, 이 아둔한 사람은 이제야 이것을 어렴풋이 알아차린다.

3

확률 이론으로
내 마음 들여다보기

확률 이론은 공학 수학에서 매우 중요한 역할을 담당하고 있을 뿐만 아니라, 다른 여러 학문 분야에서도 유용하게 사용되는 것으로 이해하고 있다. 개인적으로 확률 이론은 여러 가지 면에서 우리의 모습을 표현하는 데 유용하다고 생각하기 때문에, 이를 통해서 '나'의 모습을 한번 살펴보고자 한다. 확률은 중고등학교 교과 과정에서도 이미 공부한 바 있다. 아주 흥미롭고 재미있지만 때로는 접근하기가 쉽지 않았음을 많은 사람이 기억하고 있을 것이다.

A. 랜덤 변수 및 프로세서의 속성에 기반하여 내 마음 바라보기

'나'의 모습을 공학적으로 표현해 본다면, 아마도 시간 영역에서는 비선형 시변환(non-linear time-varying)이며 확률 공간에서는 확률적 특성이 시간에 따라 변하는 비정상(non-stationary)이라고 말할 수 있을 것이다. 이 같은 경우는 대부분 공학적으로 다루기가 힘든 문제로 알려져 있다. 공학에서는 일반적으로 관측된 현재 및 과거 값을 분석하여 확률적 특성을 파악하고 이를 기초로 미랫값을 예측한다. 그러니 인간도 자신의 확률적 특성을 이해하기 위해서는 정확하고 신뢰도 높은 정보 수집이 선행되어야 할 것이며, 나 자신과 타인의 마음속에 비친 나의 지난 모습들에 대한 기억으로부터 나와 관련된 중요한 정보를 얻을 수 있을 것이다.

그러면 이 기억들 속에 있는 정보는 얼마만큼 신뢰할 수 있을까? 많은 정보는 각자가 가진 마음에 따라 이미 판단되고 재단되었을 가능성이 높기에 반드시 높은 신뢰도를 가진 정보라고는 말하기 어렵겠다. 동시에, 남들의 시선과 평가에만 너무 신경을 쓰다 보면 자신을 잃을 수 있고, 오히려 산으로 가는 경우가 있음도 반드시 명심해야 한다. 그럼에도 여러 사람이 공통으로 기억하고 있는 정보라면 비록 한계가 있을지언정 나의 미래 모습을 추정하는 데 어느 정도 중요한 자료로 참고할 수 있겠다.

먼저 나 자신의 모습을 조금이나마 효과적으로 이해하기 위해서 랜덤 변수(random variable)와 랜덤 프로세서(random process) 개념을 적용해 보았다. 랜덤 변수 개념을 이용하여 '나'의 마음을 한 번 들여다보고, 다음으로 랜덤 프로세서의 확률적 특성을 현실적으로 조금은 수월하게 얻기 위해 제안된 에르고드성(ergodicity)이라는 가설을 기반으로 '나'의 모습을 살펴보고자 한다. 물론 모든 경우에 적용 가능한 가설은 아닐지 모르지만, 최소한 공학적 관점에서 본다면 매우 실용적인 접근법이 아닐까 한다.

[랜덤 변수]

랜덤 변수의 개념을 확률 관련 서적들에서는 그림 3-1과 같이 정의한다.

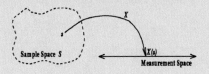

그림 3-1. 랜덤 변수의 개념도

확률 이론에서 정의하고 있는 샘플 스페이스(sample space)는 우리가 중고등학교 교재에서 배운 대로라면 '실험을 통해 발생할 수 있는 모든 경우의 집합'으로 표현할 수 있다. 예를 들어 설명하면, 100원짜리 동전을 한번 던지는 실험의 샘플 스페이스는 {⑩, 🄫}으로 정의된다. 왜곡이 없는 동전이라면 Pr{⑩}=Pr{🄫}=1/2일 것이다. 이때 앞면을 정수 1에 뒷면을 -1에 대응하는 랜덤 변수 X를 정의할 수 있다. 이 경우 Pr{X=1}=Pr{X=-1}=1/2로 정해진다.

이와 같은 개념은 공학적으로 매우 실용적이다. 다만 현실 문제에서는 샘플 스페이스를 명확하게 정의하기가 쉽지 않거나 관심이 낮을 수 있다. 이때 랜덤 변수는 이와 같은 고민으로부터 우리를 자유롭게 해 준다. 참고로, 확률 밀도 함수 (probability density function $f_X(x)$) 또는 누적 확률 분포 함수(cumulative probability distribution function $F_X(x)$)는 랜덤 변수들의 확률적 특성을 가장 잘 나타내는 방법이며, 따라서 이 함수들을 알고 있다면 우리는 랜덤 변수 X에 대한 모든 확률적 특성을 안다고 말할 수 있다. 현실적으로 확률 모델을 가정하지 않으면 확률 분포 함수를 구하기 어려울 때가 많이 있어서, 랜덤 변수의 확률적 특성을 모멘트 $E_X(x^n)$를 사용하여 간편하게 대략적인 확률적 특성을 표현할 수 있다. 이 모멘트 정보를 이용하면 개략적으로 확률 밀도 함수의 모양을 유추할 수 있다

이처럼 랜덤 변수는 여러 가지 측면에서 공학적으로 유용한 개념적 특성을 가지고 있다. 그러나 때로는 이 유용성이 너무 강조되어 미처 인식하지 못하고 간과하는 것들도 있다. 그중 하나가 실수축 상에서 관측된 값만을 가지고는 샘플 스페이스에서의 현상을 정확하게 파악하지 못할 수 있다는 것이다. 조금 더 구체적인 설명을 덧붙이면, 랜덤 변수를 어떻게 정의하느냐에 따라 실제 랜덤 실험에서 발생한 결과가 무엇이었는지 분명하게 파악하기가 불가능할 수도 있다는 뜻이다.

한가지 예로 주사위를 던져 몇 개의 점이 나왔는지를 관측하는 랜덤 실험을 상상해 보자. 이때 나의 관심이 단지 '점의 개수가 홀수 개인가? 아니면 짝수 개인가?'에 집중되어 있다고 가정하자. 따라서

이 경우에 적합한 랜덤 변수를 나타난 점의 개수가 짝수이면 연수 0에, 홀수이면 자연수 1의 값에 대응시키는 것으로 정의할 수 있을 것이다. 이러한 상황에서 현실에서 관측된 '랜덤 변수 0의 값'은 실제 실험에서 몇 개의 점이 발생했는지에 대한 명확한 정보를 제공하지 못한다. 단지 ⚀ ⚁ ⚃ 중 하나라는 사실만을 확인해 줄 뿐이다.

'우리가 인식하고 있는 세상'을 랜덤 변수의 공변역에 해당하는 실수축으로, 그리고 '있는 그대로인 세상'을 랜덤 변수의 정의구역에 해당하는 샘플 스페이스로 정의할 수 있지 않을까? 이 경우 '나'의 마음은 랜덤 변수와 유사한 역할이 담당하고 있는 것처럼 보인다. 현재 '나'의 마음을 통해 인식하고 있는 세상의 현상에 대응되는 진정한 샘플 스페이스의 원소는 무엇일까? 인식된 세상 속에서는 거의 같아 보이는 현상도 실제로는 전혀 다른 상황과 조건에서 생겨날 수 있기에, 이 같은 경우에는 실수축상의 또는 인식된 세상에서의 분석만으로는 그 원인을 정확하게 분석하지 못할 것 같다. 정확한 원인을 찾아내기 위해서는 반드시 랜덤 변수에 해당하는 '나'의 마음의 상태, '나'의 마음의 역변환을 통해 샘플 스페이스에서의 확인과 분석이 필수적이지 않을까 한다. 그러나 먼저 '나'의 마음이 역변환이 가능할 정도로 물결이 일지 않는, 비교적 맑은 호수의 상태를 유지해야 할 것이다.

어떻게 보면 이 해석 방법은 아래의 그림 3-2처럼 플라톤이 주장한 '동굴의 비유'와도 개념적으로 유사한 점이 있다. 랜덤 변수의 샘플 스페이스는 이데아에, 그리고 우리가 인식한 현실이자 랜덤 변수의 실수축은 동굴의 벽면에 비친 그림자에 해당한다고 본다면 말이다. 너무 편의주의에 익숙해져서 실수축 및 현실에만 연연하는 바람에 샘플 스페이스와 이데아를 까맣게 잊고 사는 것은 아닌지 염려된다. 현실의 이익과 편의에만 너무 충실하게 랜덤 변수를 정의한다면, 위에서 예를 들어 설명한 경우처럼 우리는 결코 '있는 그대로의 세상'과 '있는 그대로의 나'를 올바로 인식할 수 없을 것이다. 자기 성찰을 통해 '나'의 특정한 생각과 행동을 유발하는 원인을 '나'의 정의를 기반한 샘플 스페이스에서 분명하게 분석하고 객관적으로 바라볼 때, '나'의 참모습을 이해할 수 있으리라 생각한다. 실수축상의 이미지에만 관심을 가지고 '나'의 마음과 실제 샘플 스페이스에 대한 이해를 등한시한다면, 아래 그림에서 볼 수 있듯이, 우리가 현실에서 인식하는 다섯 손가락 같은 모습의 실체가 다소 불편하게 앉아있는 토끼일 수 있다는 사실을 결코 깨달을 수 없을 것이다.

그림 3-2. 구속되어 벽을 마주 본 사람들은 그림자만을 봐서
그것을 실체라고 쉽게 믿어 버리고 있는 그림[6]

다른 관점에서 랜덤 변수의 개념을 자연의 법칙과 조건에 따라 스스로 변화하는 무상(無常)의 세상을 바라보는 '나'의 마음을 이해해 보는 데 적용해 보고자 한다. 랜덤 변수의 샘플 스페이스에 해당하는 무상(無常)의 세상은 끊임없이 변화하며, 따라서 샘플 스페이스의 원소 s도 시간에 따라 그 특성과 모습이 바뀐다. 따라서 샘플 스페이스의 원소를 시간의 함수 형태인 $s(t)$로 표현하는 것이 더 적합할 것 같다. 그러나 원소 $s(t)$를 바라보는 랜덤 변수에 해당하는 '나'의 마음은 관성과 습관 때문에 현실에서 그 변화를 제대로 받아들이지 못하고, 이미 내 마음속에 자리 잡은 오래된 경험이나 지식을 이용하여 이해하려고 하는 오류로 인해 이전에 대응되었던 $X(s)$에 집착하게 되는 것은 아닐까?

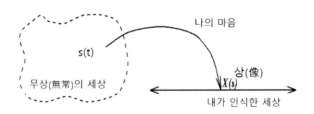

그림 3-3. 무상의 세상에서의 랜덤 변수 개념도

위 그림 3-3에서 보이는 것처럼, 역학적(力學的)으로 생각해 봐

<hr>

6) https://www.hankyung.com/news/article/2017060924891

도 끊임없이 변하는 원소 $s(t)$를 내가 인식한 세상에서 고정된 실숫값 $X(s)$에 묶어 두려고 하니 '나'의 마음이 흔들릴 수밖에 없는 것이 아닐까? 이 마음의 흔들림이 바로 마음의 움직임과 불편함으로 이어지는 것은 아닐까? 여담으로 "사람이 죽으면 모든 세상은 사라진다."라는 말이 있다. 아마 이것의 의미는, 사람이 죽으면 그 사람이 살아있는 동안 규정하고 정의하고 인식한, 그 사람의 마음에 의해 생성된 (어떻게 보면 가상의) 현실 세상이 사라진다는 것이 아닌가 생각해 본다.

[랜덤 프로세서의 에르고드성 개념]

랜덤 프로세서는 아래 그림 3-4와 같이 정의된다. 즉, 랜덤 변수는 샘플 스페이스의 원소에 하나의 실수가 대응하는 반면에, 랜덤 프로세서는 하나의 시간 함수가 대응한다. 왜 랜덤 프로세서가 필요할까? 이는 시간에 따라 확률적 특성이 변하는 경우를 고려해야 할 필요성이 있을 때 매우 유용하다. 시간에 따라 대응된 함숫값이 변하면, 결과적으로 확률 분포 함수가 시간의 함수로 확장되는 효과를 얻을 수 있기 때문이다.

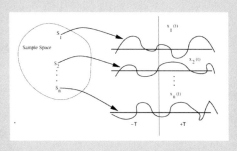

그림 3-4. 랜덤 프로세서의 개념도

아주 간단한 예를 들어 설명하면, 동전을 던지는 실험을 통해 얻을 수 있는 샘플 스페이스는 {⑩, ⑭}이다. 이때 시간 $t = t_0$에서는 앞면을 정수 1, 뒷면을 -1에 대응하고, 시간 $t = t_1$에서는 앞면과 뒷면을 모두 1에 대응하는 랜덤 프로세서를 정의할 수 있다. 이 경우 시간 $t = t_0$에서는

$$\Pr\{X = 1\} = \Pr\{X = 0\} = \frac{1}{2}$$

이지만, 시간 $t = t_1$에서는

$$\Pr\{X = 1\} = 1, \quad \Pr\{X = 0\} = 0$$

으로 확률 분포가 변화하는 결과를 얻는다. 따라서 시간에 따라 확률적 특성이 변화하는 랜덤 프로세서의 특성을 잘 표현할 수 있다.

그러나 이 같은 경우 랜덤 변수보다 확률적 특성을 표현하기가 훨씬 어렵다. 확률 밀도 함수 $f_X(x;t)$ 또는 누적 확률 분포 함수 $F_X(x;t)$에도 시간 변수가 추가되어야 하며, 동시에 각 시간 시점에서의 랜덤 변수 간의 관계도 표현해야 하기 때문이다. 즉, 어떤 임의의 정수 n과 $t_1, t_2, \cdots, t_n$에 대해서도 다음의 확률 밀도 함수가 표현될 수 있어야 한다.

$$f_{X_1, X_2, \cdots, X_n}(x_1, x_2, \cdots, x_n; t_1, t_2, \cdots, t_n)$$

이것은 공학적 관점에서는 현실적으로 불가능에 가깝다. 따라서 이를 좀 더 간단하게 만들기 위해 정상성(stationarity)이라는 개념을 이용한다. 이 경우 확률 밀도 함수 입장에서 정의된 것을 SSS(strict sense stationary), 모멘트 입장에서 정의된 것을 WSS(wide sense stationary)라고 한다. 정상성은 시스템에서의 시불변과 개념적으로 유사한 부분이 있으며, 아래에서 설명할 것처럼 훨씬 수월하게 랜덤 프로세서의 확률적 특성을 서술할 수 있다.

"Probability, Random Processes, and estimation theory for engineers"에서 H. Stark and J. Wood는 SSS(strict sense stationarity)와 WSS(wide sense stationarity)를 다음과 같이 정의하고 있다.

<SSS(stric sense stationary) 랜덤 프로세서의 정의>

모든 가능한 정의 n에 대해서, n 차원 랜덤 백터의 확률 밀도 함수 (probability density function)가 임의의 이동 매개변수 k에 대해 독립 적일 때, 랜덤 벡터는 strict sense stationary하다고 말한다(앞의 랜덤 벡터는 주어진 랜덤 프로세서를 n개의 시간에서 샘플링을 통해 얻어진 다). 수학적으로 간략히 정리하면 다음과 같다.

If for all possible n the nth-order PDF's of a random sequence do not depends on the shift parameter k, then the random sequence is said to be strict sense stationary, i.e., for all $n \geq 1$

$$f\left(a_0, a_1, \cdots, a_{n-1}; k, k+1, \cdots, k+n-1\right)$$
$$= f\left(a_0, a_1, \cdots, a_{n-1}; 0, 1, \cdots, n-1\right)$$

for all $-\infty < k < +\infty$ and for all a_0 through a_{n-1}

<WSS(wide sense stationary) 랜덤 프로세서의 정의>

위에서처럼 랜덤 프로세스를 n개의 시간에서 샘플링을 통해얻은 랜덤 벡터에 대해, 랜덤 벡터의 각 원소의 평균값 함수가 상수(constant)이고, 공분산(covariance) 함수가 임의의 이동 매개변수 k에 대해 이동 불변의 성질을 가질 때, 랜덤 벡터는 wide sense stationary하다고 말한다. 수학 적으로 표현하면 다음과 같다.

If the mean function is constant for all integer n and the covariance function is shift-invariant for all integers k, l and shift n

$$\mu[n] = \mu[0] \text{ and } K[k,l] = K[k+n, l+n]$$

for the random sequence is called wide sense stationary.

Wikipedia[7]에서는 에르고딕(ergodic) 랜덤 프로세서의 개념을 수학적으 로 다음과 같이 설명하고 있다.

---

7) https://en.wikipedia.org/wiki/Ergodic_process

The random process $X(t)$ is said to be mean-ergodic or mean-square ergodic in the first moment if the time average estimate

$$\hat{\mu}_X = \frac{1}{T} \int_0^T X(t)dt$$

converges in squared mean to the ensemble average
$\mu_X = E[X(t)]$ as $T \to \infty$.

Likewise, the process is said to be autocovariance-ergodic or mean-square ergodic in the second moment if the time average estimate

$$\hat{\gamma}_X(\tau) = \frac{1}{T} \int_0^T (X(t) - \mu_X)(X(t+\tau) - \mu_X)dt$$

converges in squared mean to the ensemble average $\gamma_X(\tau)$ as $T \to \infty$. A process which is ergodic in the mean and autocovariance is sometimes called ergodic in the wide sense.

위 수식들의 의미는 랜덤 프로세서 $X(t)$가 mean-ergodic 이라면, 시간축 상에서의 평균값이 랜덤 프로세서 $X(t)$를 한 시점에서 샘플링한 랜덤 변수 X의 앙상블(ensemble) 평균값과 같다는 것이다. autocovariance-ergodic 도 같은 방법으로 해석할 수 있다.

통신 공학 교재8)에서 에르고드성(ergodicity)과 관련된 유용하고 재미있는 다음의 예제를 찾을 수 있다.

---

8) R. Ziemer and W. Tranter, *Principles of Communications*, Wiley, 2014.

Consider the random process with sample function

$$X(t) = A\cos(2\pi f_0 t + \Theta)$$

where f_0 is a constant and Θ is a random variable with the pdf

$$f_\Theta(\theta) = \begin{cases} \dfrac{1}{2\pi}, & |\theta| \leq \pi \\ 0, & otherwise \end{cases}$$

Computed as statistical averages, the first and second moments are

$$\overline{X(t)} = \int_{-\infty}^{\infty} A\cos(2\pi f_0 t + \theta) f_\theta(\theta) d\theta$$
$$= \int_{-\pi}^{\pi} A\cos(2\pi f_0 t + \theta) \frac{d\theta}{2\pi} = 0$$

and

$$\overline{X(t)^2} = \int_{-\pi}^{\pi} A^2\cos^2(2\pi f_0 t + \theta) \frac{d\theta}{2\pi} = \frac{A^2}{2}$$

respectively. Computed as time averages, the first and second moments are

$$\langle X(t) \rangle = \lim_{T \to \infty} \frac{1}{2T} \int_{-T}^{T} A\cos(2\pi f_0 t + \theta) dt = 0$$

and

$$\langle X^2(t) \rangle = \lim_{T \to \infty} \frac{1}{2T} \int_{-T}^{T} A^2\cos^2(2\pi f_0 t + \theta) dt = \frac{A^2}{2}$$

위의 예에서 확인할 수 있는 내용은 주어진 랜덤 프로세서가 에르고딕이라는 가정하에서는, $\overline{X(t)} = \langle X(t) \rangle$ 그리고 $\overline{X^2(t)} = \langle X^2(t) \rangle$ 이라는 것이다. 또한 에르고드성 개념은 시간축상의 일, 이차 모멘트의 통계적 정보가 공간축상의 일, 이차 모멘트 통계적 정보로 대체 가능하다는 의미로도 해석될 수 있다.

위의 랜덤 프로세서의 에르고드성 개념을 '나'의 모습을 찾아보는데 어떻게 적용해볼 수 없을까? '나'를 포함한 '우리 모두의 모습'이 하나의 랜덤 프로세서 $X(\xi, t)$로 표현될 수 있다고 가정한다면, '나'의 모습은 $X(\xi, t)$에서 '나'라는 샘플 하나에 대한 시간 함수 $X(\text{나}, t)$로 정의된다. 이것이 바로 '나'의 시간축상에서의 나의 모습을 의미한다. '우리 모두의 모습'을 나타내는 $X(\xi, t)$가 에르고딕하다고 가정한다면, 위의 예제에서 보인 것처럼, 어느 한순간의 스냅샷처럼 얻어진 랜덤 변수 $X(\xi, \text{한순간})$, 즉 지금 이 한순간 모두의 확률적 정보들을 이용하면, 시간축상에서의 '나'의 모습의 확률적 특성을 예측할 수 있다는 것을 의미한다. 위의 내용을 다시 정리해 보면, 우리 모두의 모습이 에르고딕한 특성을 지니고 있다는 가정 하에, '나'의 모습을 한순간 '우리 모두'라는 집합이 포함하는 원소들의 모습에서 찾아볼 수 있다는 것을 의미하며, 원하든 원하지 않든 '너'와 '나'가 서로 영향을 주고받을 수밖에 없다는 것으로 이해할 수 있다. 우리 속담에 유유상종(類類相從)이라는 말도 이와 같은 관점에서 논의해 볼 수 있다. 어찌 사람뿐이겠는가? 우리 주변의 모든 자연적 및 사회적 환경도 나의 현재 모습과 미래 모습에 큰 영향을 미치고 있다.

'탕' 한순간에 무한의 시간과 공간이 있다.

선불교 주장자(柱杖子)에서 말하는 가르침이다. 이를 공학적 시각에서 본다면 에르고드성에 비유할 수 있겠다. 만약 $X(나,t)$가 $X(등,한순간)$에 크게 영향을 받는 상황이라면, 과연 '나'의 모습은 무엇이라고 정의할 수 있을까? 앞에서 사람의 생각과 행동 패턴이 습관에 의해 많은 영향을 받고 있다는 점을 발견했다. 동시에 개인의 습관은 유전자, 환경, 사회의 문화, 관습 및 제도 등에 의해 크게 영향받을 수 있다는 점을 고려해 보면, '나'의 생각과 행동 패턴이 온전히 '나'의 의지만으로 생기는 것이 아닐 수 있겠다는 생각이 든다.

B. 자기 유사성과 습관의 관계

앞에서 고민해 본 것처럼, 인간의 인식 시스템은 자신의 경험이나 과거의 지식을 기반으로 지금 상황을 인식하고 분석하여 효율적이고 빠른 답을 얻으려는 경향이 있다. 이로 인해 마음속에 관성이 생겨나고, 이것이 우리의 습관으로 이어짐을 추측해 보았다. 이와 같은 습관을 확률 이론에서 말하는 자기 유사성(self-similarity) 개념을 이용하여 살펴보고자 한다. 자기 유사성 개념을 사용하면 매우 혼돈

스러워 보이는 어떤 신호나 정보의 변화 분포에서 비슷한 형태가 반복되는 것을 관찰할 수 있고, 이를 통해 불규칙해 보이는 신호와 정보의 특성을 예측하는 데 유용하다. 이 개념에 기반하여 일상에서 너무나 불규칙해 보이는 내 모습을 살펴볼 수도 있을 것이다.

[자기 유사]

수학에서 자기 유사(self-similar) 물체는 자신의 일부와 정확히 또는 어느 정도 닮았다(즉, 전체가 하나 이상의 부분과 같은 모양이다). 해안선 같은 현실의 많은 물체는 통계적으로 자기 유사적이다. 즉 그 물체의 일부가 여러 측면에서 같은 통계적 특성이 나타난다. 자기 유사성은 인공적인 프랙탈의 전형적인 특성이다. 크기 변환 불변성은 어느 정도로 확대하더라도 전체와 닮은 작은 조각이 있다는 점에서 자기 유사성과 정확히 같은 형태이다. 예를 들면 아래 그림 3-5와 같다. 그림 일부를 확대해도 전체 그림과 같은 패턴이 끊임없이 반복된다.

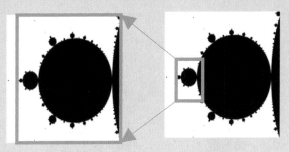

그림 3-5. 자기 유사성을 가진 도형의 예

인터넷상에서 전송되는 트래픽의 패턴을 분석해 보면 위와 같이 자기 유사성의 특성을 보이는 것으로 알려져 있다. 정보통신 공학 분야에서는 이 현상을 확률 이론의 heavy tail distribution을 이용하여 설명하기도 한다. Wikipedia에 의하면 일반적으로 heavy tail은 아래에 그림 3-6에서 보이는 것처럼 exponential distribution과 비교했을 때 보다 긴 구간에서 확률값이 넓게 분포하는 것을 의미한다.

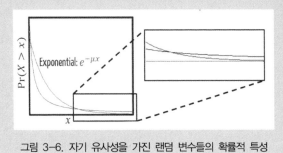

그림 3-6. 자기 유사성을 가진 랜덤 변수들의 확률적 특성

　이 개념을 우리의 삶과 생활에 적용해 본다면, 불규칙해 보이는 지난 10년 동안의 내 모습의 패턴도 오늘 하루 동안의 내 모습 패턴과 확률적으로 깊은 유사성을 가지고 있다고 해석할 수 있다. 그 이유 중 하나로 우리의 습관을 꼽고자 한다. 따라서 지금 우리의 행동과 사고의 패턴을 결정짓는 습관을 바꿀 수 없다면, 앞으로도 유사한 경향을 지속해서 보일 가능성이 높다. 크게 바뀌지 않은 습관으로 살아온 세월 동안에는 분명히 자기 유사성을 가진 행동 및 사고 패턴을 보일 것이라고 합리적으로 추측해 볼 수 있기 때문이다. 따라서 현재의 습관이 내 인생 전체의 패턴을 결정짓는 중요한

요인이 될 수 있음을 자기 유사성을 기반으로 추론할 수 있다. 다른 관점에서 바라보면, 나의 모습이 진화하기를 원한다면 현재의 습관을 과감하게 교정하는 것이 필요하다고 해석할 수도 있겠다. 즉 습관을 고칠 수 있다면 얼마든지 이전과 다른 나의 모습으로 살 수 있다는 의미로 받아들일 수도 있다.

그러나 현실에서 습관을 바꾸기가 얼마나 어려운지를 또한 매일 경험하고 있다. 개인적으로는 체중 관리를 통해 깨달았다. 중장년(中壯年)에 접어들고 나서 건강검진을 받을 때마다 혈압과 고지혈증 때문에 체중을 7~8kg 감량해야 한다는 진단을 받았다. 그러나 이런 말을 들어도 얼마 동안만 건강의 심각성을 깨닫고 조심할 뿐 채 한 달을 넘기지 못하고 옛날의 생활 습관으로 돌아가 버리고 만다. 1~2kg 빠졌던 체중은 순식간에 원상 복귀가 된다. 나는 그 원인을 내 몸에 배어있는 식습관과 나를 둘러싼 환경에 숨어있는 습관으로 본다. 예를 들어보면, 며칠 동안 개인적으로 식사량과 운동을 하면서 스스로를 자제하다가도, 환경에 숨어있는 습관으로 해석할 수 있는 회식이나 모임에 한 번 참석하면 모든 것이 물거품이 됨을 경험했기 때문이다. 어느 하나 만만한 것이 없다지만 습관을 바꾸기란 참으로 어렵다.

습관을 설명하는 말 중에 "업(業)은 우리 습관의 에너지가 뭉친 것이다."라는 말이 있다. 이 말을 공학적 관점에서 한번 접근해 보면 어떨까? 훗날 우리의 생명이 다하고 자연으로 돌아갈 때 우리 육신과 함께했던 모든 에너지가 자연으로 흩어질 것이다. 이때 자연에 산재해 있는 많은 에너지가 뭉쳐서 새로운 생명을 만든다고 가정해 보면, 어떤 상황이 발생할까? 자연으로 흩어진 에너지에 주파수가 있다면, 공진(resonance)을 일으킬 수 있는 주파수들이 함께 뭉쳐 큰 파동을 형성할 가능성이 높지 않을까? 즉 특정한 주파수 속성을 가진 작은 에너지들이 뭉쳐 큰 에너지가 생겨날 가능성이 높을 것이다. 공학에서 가장 간단한 공진 현상을 관측할 수 있는 예가 아래의 그림 3-7처럼 인덕터(inductor)와 커패시터(capacitor)를 연결한 전기 회로이다. 불교의 연기(緣起)의 개념을 잘 이해하지는 못하지만, 공진 현상과 어떤 연관성이 있을까 궁금하다. 공진을 일으킬 수 있는 특정 주파수를 가진 에너지가 뭉쳐서 다음 생명으로 이어진다면, 이 에너지의 기운이 생명의 특성을 결정짓는 중요한 요인으로 작용하지 않을까 한번 상상해 본다.

[공진의 힘]

외부에서 특별한 입력을 하지 않은 상태에서도 인덕터에 저장된 초기 전류 또는 커패시터에 저장된 초기 전압으로 회로가 동작하며 인덕터의 초기 전류가 커패시터의 초기 전압으로 저장되고, 다시 커패시터의 전압이 인덕터의 초기 전류로 저장되는 반복되는 과정에서, 인덕터와 커패시터의 용량에 의해 결정되는 특정 주파수가 발생한다. 이 현상을 공진 현상이라 부르며, 이때 관측되는 주파수를 공진 주파수라고 한다. 우리 생활 주변에서 찾아볼 수 있는 이해하기 쉬운 대표적인 예가 라디오와 텔레비전에서 방송국을 선택하는 회로이다.

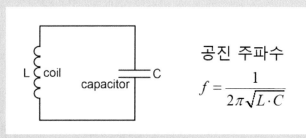

공진 주파수

$$f = \frac{1}{2\pi\sqrt{L \cdot C}}$$

그림 3-7. 간단한 공진 LC 전기 회로

공진이 얼마나 큰 에너지를 만들어낼 수 있는지를 1938년 미국 워싱턴 주 타코다시의 현수교 다리 붕괴 사례에서 볼 수 있다. 최고의 기술자에 의해 만들어진 다리가 별거 아닌 외부의 작은 바람에 의해 흔들리다가 공진 현상으로 붕괴한 사고였다. 공진 현상이 일상생활 속에서 얼마만큼 큰 에너지의 형태로 나타날 수 있는지를 관찰할 수 있는 좋은 예가 아닌가 한다.

오늘날 IT 분야에서 많은 관심을 받는 연구 분야 중에는 빅 데이터(big data)와 데이터 마이닝(data mining)이 있다. 이와 같은 연구 분야의 발전과 더불어, 내 일상의 많은 선택과 행동이 컴퓨터에 저장되고 분석되어, 나 자신도 자각하지 못한 나의 모습과 습관이 발견된다. 동시에 좀 더 편리한 생활이라는 명분과 함께 상업적으로 널리 활용되기도 한다. 유튜브 동영상 사이트에서 7080 시절의 팝송과 가요를 즐겨 듣는다고 가정하자. 이 선호도를 인식한 콘텐츠 추천 시스템은 이후 이 사이트를 다시 방문했을 때 7080 시절의 음악을 다시 추천할 것이고, 별다른 생각 없이 추천된 익숙한 음악을 계속해서 듣는다면 새로운 음악에 접할 기회는 상당히 낮아질 가능성이 높다.

　물론 인터넷상의 콘텐츠 추천 시스템에서는 인기가 높을 것으로 예상한 콘텐츠와 함께 새로운 콘텐츠를 일부 포함하는 알고리즘이 있는 것으로 알고 있다. 그러나 모든 생활 속에서 이와 같은 기술들의 발전이 우리의 모습과 습관에 어떠한 영향을 미칠 것인가에 대한 고려가 미진하지 않나 염려된다. 이것이 스스로 습관을 바꾸기가 힘든 사회적 환경을 구축하고, 역설적으로 우리를 그 습관에 가두어 두고 빠져나오기 힘들게 만들지는 않을까 하는 우려가 생긴다. 이와 같은 공학적 기술들이 우리를 성숙한 모습과 습관을 지닌 인간으로 진화할 수 있도록 돕는 방향으로 발전해야 하지 않을까 하는 사족(蛇足)을 더해 본다.

C. 확률론적 입장에서 바라본 같음과 다름의 의미

　공학 수학적인 관점에서 같음과 다름을 판단하는 다양한 기준들이 존재한다. 안타깝게도 나는 초등학교 때부터 사지선다형(四枝選多型) 문제에 익숙한 세대이다. 이런 종류의 문제에서 가장 많이 보게 되는 문장은 "ㅇㅇㅇ와 같은 것은?" 또는 "ㅇㅇㅇ와 다른 하나를 고르시오." 등이 아닐까 한다. 어릴 적부터 같음과 다름의 진정한 의미를 고민해볼 틈도 없이, 즉각적으로 같음과 다름을 구별해야 하는 삶의 현장으로 내몰렸던 경험이 있다. 여기에서는 공학적 확률론과 측도론(measure theory)에서 많이 사용하는 같음과 다름을 바라보는 판단 기준을 먼저 간단히 소개하고, 이를 일상생활 속에서 어떻게 이해해야 할지 한번 고민해 보겠다.

먼저, 다음의 두 가지 사례를 한번 살펴보고자 한다. 첫 번째로, A와 B 두 사람이 앞면(H)과 뒷면(T)이 발생할 확률이 각각 1/2로 같은 값을 가지는 공정한 동전(fair coin)을 2번 던지는 실험을 각자 한다고 가정하자. 이 경우 두 실험의 샘플 스페이스는 {HH, HT, TH, TT}로 똑같이 구성되며 각 원소의 발생 확률값은 1/4로 모두 같다. 따라서 이는 아래 그림 3-8처럼 항아리에서 구슬을 하나 끄집어내는 실험으로서 등가적(等價的, equivalent)으로 표현할 수 있다. 이때, A는 HH 구슬을, B는 TT 구슬을 얻었다고 가정하자. 그렇다면, A와 B가 각자 수행한 실험들은 같은가 다른가?

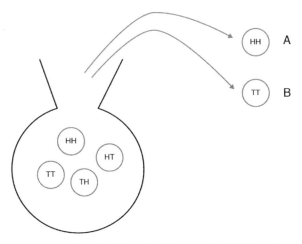

그림 3-8. A와 B 두 사람이 앞면(H)과 뒷면(T)이 발생한 확률이
각각 1/2로 같은 값을 가지는 공정한 동전(fair coin)을
2번 던지는 실험의 등가적 표현

다음으로, C와 D 두 사람이 각각 다른 동전을 가지고 실험한다고 가정하자. C는 위와 같이 앞면(H)과 뒷면(T)이 발생할 확률이 1/2인 동전을, D는 앞면(H)과 뒷면(T)이 발생할 확률이 각각 2/3와 1/3인 가짜 동전(fake coin)을 2차례 던진다고 가정하자. 이 상황을 위와 같이 그림 3-9처럼 표현할 수 있다. 이 경우 C와 D는 모두 HH의 결과를 얻었다. 그렇다면, C와 D가 각각 수행한 실험은 같은가 다른가?

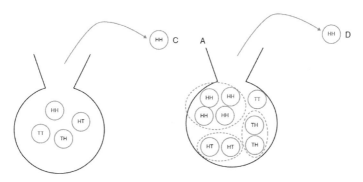

그림 3-9. C는 앞면(H)과 뒷면(T)이 발생할 확률이 1/2인 동전을, D는 앞면(H)
과 뒷면(T)이 발생할 확률이 각각 2/3와 1/3인 가짜 동전(fake coin)
을 2차례 던진 실험의 등가적 표현

    발생한 결과를 기준으로 본다면 C와 D는 같은 실험을, A와 B는
다른 실험을 한 것이다. 그러나 무엇인가 석연치 않은 점을 느낄
수 있을 것이다. 분명 A와 B는 같은 동전을 던졌고 C와 D는 특성
이 다른 동전을 던졌기에, A와 B는 같은 실험을, C와 D는 다른 실
험을 한 것 같은 찝찝한 느낌이 들기 때문이다. 확률 공간 영역에
서 위 실험을 바라보면, A와 B는 같은 실험을, C와 D는 다른 실험
을 했음을 확실하게 이해할 수 있다. 확률 공간에서 두 랜덤 변수
의 같음과 다름을 좀 더 명확하게 평가할 수 있다(일반적으로 Sure,
Almost Sure, Mean-square, Probability-1 그리고 Distribution 등의
기준을 많이 사용한다). 확률 공간에서 앞의 두 랜덤 실험을 비교
하면, 언급한 기준들에 의해 A와 B는 같은 실험을, C와 D는 다른
실험을 했다는 명확한 판정을 얻을 수 있다. 이처럼 랜덤 실험은

확률 공간에서의 관점 또는 관측된 결과에 따른 시간적 관점에 따라 실험의 같음과 다름이 달라질 수 있다. 이와 비슷한 사례는 일반 함수에서도 발견된다. 아래에서 간단한 예를 소개한다.

[관점의 차이]

아래의 그림 3-10에서 보이는 것처럼, 두 개의 함수 $f_1(x)$와 $f_2(x)$는 $x = x_0$를 제외한 모든 점에서 같은 값을 가지는 함수이다.

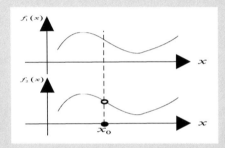

그림 3-10. 위의 두 함수는 같은가 또는 다른가?

위의 그림에서 두 개의 함수 $f_1(x)$와 $f_2(x)$는 $x = x_0$를 제외한 모든 점에서 같은 값을 가지는 함수이다. 두 함수는 같은가 다른가? 직관적으로 판단한다면 두 함수는 다르다. 그러면 이때 우리의 판단 기준은 무엇인가? 공학 수학적으로 결과부터 말한다면 차이를 계산하는 판단 기준에 따라 두 함수는 같기도 하고 또한 다르기도 하다. 만약, 두 함수의 차이를 계산하는 기준을

$$l_2\big(f_1(x), f_2(x)\big) = \int \big(f_1(x) - f_2(x)\big)^2 dx$$

로 정의한다면 두 함수는 같다. 반면에,

$$l_\infty\left(f_1(x), f_2(x)\right) = \max_{all\ x} \left| f_1(x) - f_2(x) \right|$$

로 정의한다면 두 함수는 서로 다르다. 이처럼 공학 수학에서는 두 차이를 계산하는 기준을 무엇으로 정하느냐에 따라 극과 극의 결과를 얻기도 한다.

위에서 소개한 확률론에서 사용하는 기준으로 표현해 본다면, $f_1(x)$와 $f_2(x)$는 'almost everywhere' 관점에서는 같다고 말할 수 있다. 왜냐하면 두 함수가 다른 점들을 모았을 때 그 길이가 '0'이기 때문이다. $x = x_0$처럼 두 함수가 다른 값을 가지는 점의 개수가 'finite'하거나 'countably infinite'인 경우에도 여전히 'almost everywhere' 관점에서 같다고 한다. 그 이유는 $\sum_{i=1}^{N} 0 = 0$ 또는 $\sum_{i=1}^{\infty} 0 = 0$이기 때문이다. 즉 '0'을 finite 또는 countably infinite만큼 더해도 결과는 '0'이기 때문이다. 이 경우 $l_2\left(f_1(x), f_2(x)\right)$는 Riemann-Stieltjes integral과 Lebesgue integration을 사용하여 각각 계산할 수 있다. 참고로 $f_1(x)$와 $f_1(x)$는 'everywhere'에서 같다고 말한다.

이처럼 비교적 간단한 공학 수학 예제를 통해서도 같음과 다름이 바라보는 관점에 따라 다양하게 평가될 수 있음을 알 수 있다. 공학 수학보다 훨씬 복잡하고 다양한 가치관을 가지고 살아가는 우리 세상은 어떠할까? 나를 포함한 많은 사람은 자기의 기준으로 "나는 옳고 너는 틀리다."라는 결론을 미리 내리고, "내 생각에 따라야 한다."라고 주장하고 있지는 않은가? 아주 간단한 공학 수학 지식으로도 쉽게 깨달을 수 있는 내용을 우리는 일상생활 속에서 깨닫지 못하고 잘못을 범하고 있지는 않은가? 나 스스로 많이 염려스럽다. 또한 이와 같은 상황에서 개인적으로 옳다고 생각한 것을 가지고 다른 사람과 언쟁하고 싸우는 일이 어떠한 의미를 지닐 수 있겠는가?

　나는 나의 욕심 때문에 흔들리는 마음으로 상대방을 비춰 볼 것이다. 상대방 또한 욕심으로 인해 마음이 흔들리고 있을 수 있다. 따라서 지금 나의 마음에 비친 상대방의 모습은 나의 욕심과 상대방의 욕심 모두에 영향을 받을 것이다. 이런 상황에서 상대방의 욕심은 내가 어찌할 수 없는 부분이기에, 현실을 있는 그대로 인식하기 위해서 지금 내가 할 수 있는 최선의 방법은 내 마음의 욕심만이라도 먼저 가라앉히고 평정한 마음을 유지하는 방법밖에는 없을 것 같다.

4

벡터 공간에서의 가치관 이해

주어진 환경에 따라 얼마나 판단의 기준이 달라질 수 있는지를 처음으로 절박하게 경험했던 때는 오래전에 사병(士兵)으로 군 복무를 했던 시절이다. 군 복무를 마치고 한 달도 지나지 않아서 30대가 되었을 정도로 남들보다 많이 늦게 간 국방의 의무였기에, 입대 전에는 정신적인 것보다는 육체적으로 힘들 것을 걱정했었다. 예상은 빗나갔고, 오히려 정신적으로 쉽지 않은 경험을 많이 했었다. 일반 사회에서는 아무런 의미가 없어 보이는 것들이 그 당시 군대 내에서는 매우 중요한 일로 여겨지기도 하고, 동시에 이런 어처구니없는 기준에 충실하게 따르는 것이 절대적 가치인 것처럼 여겨지는 것을 보면서 심리적으로 한없이 허물어졌던 기억이 있다.

이 시절 마음속에 생긴 하나의 의문은 '일반 사회 속에서의 모습과 군대 내에서의 모습, 너무도 다른 이 둘 중에 과연 어느 것이 그 사람의 진정한 모습일까?'라는 것이었다. 최근 그 해답에 가까운 사실을 알게 되었다. 두 가지 모두가 그 사람의 모습이고, 주어진 환경과 상황에 따라 달리 발현된다는 것이다. 여기서는 이처럼 다양한 인간의 가치관을 벡터 공간의 기저 입장에서 한번 이해해 보고자 한다.

A. 벡터 공간의 기저 및 차원과 가치관의 유사성

우리가 세상을 인식하는 데 중요한 역할을 담당하고 있는 기준이 아마도 가치관일 것이다. 가치관 또는 판단 기준을 벡터 공간의 기저(basis) 및 차원(dimension)과 비교해 보고 유사성을 한번 찾아보고자 한다. 벡터 공간에서의 기저는 대단히 중요하고도 유용한 개념이다. 가장 쉽게 설명한다면, 이 개념은 도량형과도 개념적으로 비슷한 부분이 있다. 즉, 미터와 마일, 킬로그램과 파운드 등이다. 1과 100 가운데 어느 것이 더 무거울까? 생략된 단위가 같은 단위라면 당연히 100(kg)이 1(kg)보다 무겁겠지만, 단위가 같지 않다면 1(톤)이 100(kg)보다 무거울 수 있다. 기저는 이와 같은 단위와 일부 유사한 성질을 가지고 있다고 볼 수 있다. 또한 기저는 벡터 공간(vector space)에서 벡터나 행렬을 표현하거나 함수 공간(function space)에서 다양한 형태로 함수를 표현하는 데 매우 편리하게 사용된다. 이 개념은 다양한 공학 분야에서 유용하게 적용되고 있다. 앞에서 설명한 푸리에 변환은 삼각함수를 기저로 사용하여 시간 함수를 표현한 것으로도 해석할 수 있다.

벡터 공간(vector space)에서 기저 벡터(basis vector)를 어떻게 선택하는가에 따라서 벡터의 표현 방식이 바뀌게 된다.

예) 2차원 벡터 공간

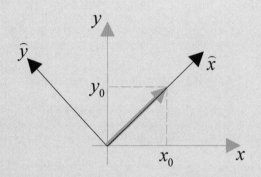

그림 4-1. 좌표계 회전에 따른 벡터 표현의 변화

위의 그림 4-1의 $x - y$ 좌표축상에서 주어진 굵은 선 벡터는 (x_0, y_0) 로 표현되지만, $\hat{x} - \hat{y}$ 좌표축상에서는 $\left(\sqrt{x_0^2 + y_0^2}, 0 \right)$ 로 표현된다. 이것은 우리가 중등 수학에서 이미 공부했던 내용이다. 공간상에서는 같은 벡터이지만 좌표축을 어떻게 정의하느냐에 따라 표현 방식이 완전히 다르다.

벡터 공간의 기저 및 차원과 인간의 가치관의 관계에서도 흥미로운 점을 발견할 수 있다. 3차원 공간에서 2개의 벡터 $X_1 = (1,2,-100)$ 와 $X_2 = (1,2,100)$ 를 생각해 보자. 3차원 공간에서 2개의 벡터는 서로 확연히 다르다. 그러나 이들을 $x - y$축으로 이루어진 2차원의 평면으로 투영(projection)하면 어떨까? 결과는 $X_1^P = (1,2)$, $X_2^P = (1,2)$이다. 즉 3차원에서는 서로 비슷하지도 않았던 2개의 벡터 X_1와 X_2는 $x-y$축으로 이루어진 2차원의 평면의 입장에서 바라보면 정확히 똑같은 벡터 $(1,2)$로 표현된다는 것이다. 이 경우 벡터들의 특성을 제대로 이해하려면 반드시 3차원의 시각으로 바라봐야만 하며, 2차원의 입장에서 2개의 벡터가 같다고 주장하는 것은 분명히 잘못이다.

또 다른 경우로 3차원 공간 벡터 $X_3 = (1,2,100)$을 생각해 보자. 같은 벡터를 $x-y$축으로 이루어진 2차원 평면과
$x-z$축으로 이루어진 2차원 평면에 투영해 보면 각각 $X_3^{xy} = (1,2)$와 $X_3^{xz} = (1,100)$을 얻는다. 즉 바라보는 관점에 따라 X_3가 다른 모습으로 보인다.

이솝 우화에서 앞을 보지 못하는 장님이 코끼리 그림 그리는 얘기가 이와 비슷한 맥락이 아닐까 한다. 코끼리의 몸통만 만져본 사람은 바윗덩어리 같다고 하고, 코만 만져본 사람은 큰 뱀과 같다고 하고, 다리를 만져본 사람은 나무 기둥과 같다고 하는 것과 유사한 의미로 해석할 수 있을 것 같다. 아마도 우리의 일상에서도 마찬가지가 아닐까 한다. 아는 만큼 보인다거나 눈에 보이는 것이 다가 아니라는 말들이 이와 비슷한 맥락이 아닐까 생각해 본다.

이와 유사한 사례를 고등학교 때 배운 확률 이론의 조건부 확률 정의에서도 확인할 수 있다. 조건부 확률은 다음과 같이 정의된다.

$$P(B|A) = \frac{P(A \cap B)}{P(A)} \text{ if } P(A) \neq 0$$

위 수식의 물리적 의미를 생각해 보면, 더욱더 많은 관측, 정보 및 지식을 가질수록(즉 집합 A에 대한 정보가 많아질수록), 집합 B에 대한 확률을 더욱 정확하게 계산할 수 있다. 간단한 예를 들어 주사위를 던지는 실험을 한다고 하자. 아무런 정보가 없을 때는 점의 개수가 2일 확률이 1/6임을 알 수 있다. 그런데 만약 실험 결과를 먼저 관측한 사람이 짝수가 발생했다는 정보를 주었다고 생각해 보자. 그러면 발생 가능한 경우는 점의 개수가 {2, 4, 6}인 경우로 압축될 수 있다. 이때는 점의 개수가 2일 확률은 1/3이 된다. 이처럼 "아는 만큼 보인다."라는 말과 참 잘 일치하는 부분이 많지 않나 생각해 본다.

인간 사회에서도 외관으로 보인 모습은 똑같다 하더라도 마음의 모습에 따라 하늘과 땅만큼의 차이가 있을 수 있지 않을까 한다. 이것을 우리가 현실에서 직접 경험해 볼 수 있는 사례를 하나 소개하고자 한다. 요즘 모든 스마트폰이 카메라를 내장하고 있어 쉽게 경험해 볼 수 있는 사례일 것이다. 똑같은 자연의 풍경을 찍더라도 카메라의 특성에 따라 사진들이 서로 다른 느낌을 보여주는 것을 자주 경험할 수 있다. 그 이유는 빛에 반응하는 센서들의 특성이 다르기 때문이다. 멀티 카메라를 사용하는 연구 분야에서는 여러 카메라가 빛에 대해 비슷한 특성을 보일 수 있도록 조절(calibration)하고 세팅하는 것이 연구 결과에 큰 영향을 미친다는 것이 잘 알려져 있다. 같은 시간 같은 장소에서 바라본 자연의 풍광을 다른 느낌으로 담아내는 카메라의 센서와 같이, 마음과 가치관에 따라 똑같은 현상을 관측하고도 각자의 가치관에 따라 다양한 패턴을 인지할 수 있다는 것을 간접적으로 이해할 수 있다.

하늘에서 내리는 같은 비를 맞고도 모든 나무의 성장 속도가
다르며, 소가 마신 물은 젖이 되고 뱀이 마신 물은 독이 된다.

일상의 같은 상황을 공유하는 집단 내에서도 각자 사람의 기저와 가치관에 따라 충분히 다르게 인식될 수 있다는 것을 보여주는 또 다른 예가 아닌가 한다. 오래전 집사람이 읽어주는 책에서 들은 재미있는 내용이 생각난다. 깊은 밤에 누군가가 밤새도록 쉬지 않고 나무 작대기로 무엇인가를 '달그락 탁' 두드렸다고 한다. 그 소리가 너무나 신경이 쓰여서 한숨도 못 자고 몹시 화가 치밀어올라, 날이 밝는 대로 가서 시시비비(是是非非)를 따져 묻겠다고 다짐했다고 한다. 마침내 아침이 밝아오자마자 소리가 나는 것으로 달려가 보니, 빈 배가 밤새 바람에 흔들려 묶어둔 나무 말뚝과 부딪치고 있더라는 것이다. 순간 지난 밤 동안 마음을 괴롭히던 화는 한순간에 사라졌다고 한다. 이것 또한 우리가 똑같은 상황을 우리의 마음에 따라 얼마나 주관적으로 인식하고 받아들이는지 보여주는 좋은 예가 아닐까 한다. 지금도 내 연구실에는 "바람에 흔들리는 빈 배입니다."라고 적혀있는 조그마한 A4 용지 하나가 벽에 붙어있다.

『선의 나침반』에서는 "우리가 우리의 세상을 만든다."라고 말하고 있다. 내가 인식한 세상이란 결국 세상이 내 마음에 투영되어 인식된 모습이라고 말할 수 있기에 말의 뜻을 조금은 이해할 수 있을 것 같다. 그저 잔잔한 맑은 호수 같은 마음으로 세상을 바라볼 수 있을 때까지 얼마나 많은 시간이 흘러야 할까? 나 같은 범부에게 가능하기는 한 일일까? 가늠하기 어렵다. 결코 그 경지에 이르지 못한다고 하더라도, 내가 만든 세상에 내가 갇혀서 스스로 만든 번뇌와 고통 속에서 허우적대지 않기만을 간절히 기원한다. TV 프로그램에서 91세에 제주도 올레길을 자전거로 종주하시는 할머니께서 하신 말씀이 마음을 울렸다. "행복한 사람은 스스로를 행복하게 만들고 불행한 사람은 스스로를 불행하게 만든다." 우리에게 마음속 기저와 가치관이 얼마나 중요한가를 잘 보여주는, 인생을 통해 체득한 명언이 아닌가 한다. 초등학교 시절 토요일 오후 성당에서 어린이 미사를 볼 때, 가슴을 치며 "내 탓이오, 내 탓이오, 내 큰 탓이로소이다."라고 되뇌던 의식이 수십 년을 지난 지금에서는 새로운 느낌으로 마음에 와닿는다.

B. 행렬의 고유 벡터 관점에서 본 가치관의 의미

고등학교 시절 이과반(理科班)에서만 배운 수학2에서 행렬을 처음 배웠고, 공과대학에 진학한 후에는 행렬에 기반하여 공학 시스템의 특성을 효과적으로 이해하고 분석하여 해답을 구하는 다양한 이론을 배웠다. 행렬에는 여러 가지 흥미로운 특성이 있는데, 그중에서 고윳값(eigen-value)과 고유 벡터(eigen-vector)를 사용하여 인간의 가치관을 한번 이해해 보고자 한다.

[행렬의 특성 파악하기]

행렬의 고유 벡터와 고윳값의 정의 아래의 수식을 행렬 A의 특성 방정식이라 부르고, 이 수식을 만족하는 λ를 행렬 A의 고윳값이라 정의한다.

$$\det(A - \lambda I) = 0$$

위의 고윳값 λ에 대해 아래의 관계식을 만족하는 $\vec{x}$를 해당 고유 벡터라고 정의한다.

$$A = \lambda$$

예제:

$$A = \begin{bmatrix} 4 & -5 \\ 2 & -3 \end{bmatrix}$$

$$\det(A - \lambda I) = \lambda^2 - \lambda - 2 = (\lambda - 2)(\lambda + 1)$$

위의 특성 방정식에서 고윳값이 2와 -1임을 확인할 수 있다. 그리고 각각의 고윳값에 해당하는 고유 벡터는 다음과 같다.

$$\text{고윳값 2에 해당하는 고유 벡터} = \begin{bmatrix} 5 \\ 2 \end{bmatrix}$$

$$\begin{bmatrix} 4 & -5 \\ 2 & -3 \end{bmatrix} \begin{bmatrix} 5 \\ 2 \end{bmatrix} = \begin{bmatrix} 10 \\ 4 \end{bmatrix} = 2 \begin{bmatrix} 5 \\ 2 \end{bmatrix}$$

$$\text{고윳값 -1에 해당하는 고유 벡터} = \begin{bmatrix} 1 \\ 1 \end{bmatrix}$$

$$\begin{bmatrix} 4 & -5 \\ 2 & -3 \end{bmatrix} \begin{bmatrix} 1 \\ 1 \end{bmatrix} = \begin{bmatrix} -1 \\ -1 \end{bmatrix} = (-1) \begin{bmatrix} 1 \\ 1 \end{bmatrix}$$

행렬 대각화 (Matrix Diagonalization)

임의의 N*N 행렬 A가 N개의 선형 독립적인(linear independent) 고유 벡터를 가진다고 가정하자. 이 고유 벡터들을 행렬 E의 열벡터(column vector)로 선택한다면, 행렬 A는 다음과 같이 표현된다.

$$A = E \Lambda E^{-1}$$

이때 행렬 Λ는 아래에 보이는 것과 같은 대각 행렬로 표현된다.

$$E^{-1} A E = \begin{bmatrix} \lambda_1 & 0 & 0 & 0 \\ 0 & \lambda_2 & 0 & 0 \\ & & \ddots & \\ 0 & 0 & 0 & \lambda_N \end{bmatrix}$$

예제:

$$A = \begin{bmatrix} 4 & -5 \\ 2 & -3 \end{bmatrix} = \begin{bmatrix} 5 & 1 \\ 2 & 1 \end{bmatrix} \begin{bmatrix} 2 & 0 \\ 0 & -1 \end{bmatrix} \begin{bmatrix} 5 & 1 \\ 2 & 1 \end{bmatrix}^{-1}$$

이 수식에서 얻을 수 있는 의미는 우리가 모든 행렬의 고유 벡터를 안다면 N*N행렬 A를 단지 N개만의 숫자로 완벽하게 표현할 수 있다는 것이다. 공학적인 의미로는 주어진 행렬 A에 대해 에너지 압축(energy compaction) 입장에서 가장 효율적으로 표현됐다고 말할 수 있다. 이는 KLT(Karhunen–Loève theorem)과도 깊은 관련이 있다. 또한 고윳값 중에서 다른 값에 비해 두드러지게 큰 값이 일부 있는 경우, 그 고윳값에 상응하는 고유 벡터들만으로도 충분히 행렬의 일반적인 특성을 파악할 수 있다.

위처럼 대각화된 행렬을 인간의 경우에 비유한다면, 이는 모든 사물의 이치를 깨우친 성인에 해당하며, 가장 간단명료하게 인식하고 이해하는 단계에 해당한다고 볼 수 있지 않을까?

대중에게 많이 알려진 불교 이야기 중에 염화미소(拈華微笑)란 글귀가 있다. 이심전심(以心傳心)으로 마음을 전한다는 뜻으로 다음의 석가모니 부처와 마하가섭의 일화에서 비롯되었다.

어느 날 부처님이 영축산에서 사부대중을 앞에 두고 설법을 하실 때였다. 하늘에서 천신들이 여러 가지 만다라 꽃을 뿌려 부처님이 설법하시는 것을 축복하며 칭송했다. 그때 문득 부처님이 허공에서 떨어지는 꽃 한 송이를 들어 보이셨다. 그러자 대중들은 영문을 몰라 부처님과 부처님 손에 들린 꽃을 마냥 바라보면서 부처님이 어떤 말씀을 해주

시기를 기다렸다. 그때 그 모습을 본 마하가섭이 조용히 미소를 지었다. 마하가섭의 미소를 본 부처님은 드디어 입을 열어 대중 앞에서 말씀하셨다. "여래에게 정법안장과 열반묘심이 있으니 이를 마하가섭에게 전하노라."

이 마하가섭의 일화를 위에서 언급한 행렬 대각화 입장에서 설명해 본다면, 석가모니께서 제자들에게 전하고 싶은 메시지는 행렬 A에 해당하고, 이를 가장 함축적으로 군더더기 하나 없이 간결하게 허공에서 떨어지는 꽃 한 송이를 들어 보이신 모습은 고윳값들로 구성된 대각 행렬 Λ에 해당할 수 있다고 하겠다. 이때 고유 벡터들로 구성된 행렬 E를 마음 수련을 통해 깨달은 마하가섭만이 석가모니께서 전하고자 하신 메시지인 행렬 A를 알아차린 것이다. 이처럼 마음과 가치관을 나누는 사람들 사이에서는 많은 표현이 필요 없이 상대방의 뜻을 쉽게 이해할 수 있는 것 또한 행렬 대각화 기법을 통해서 이해할 수 있다.

또 다른 관점에서 위에서 설명한 행렬 대각화를 이용하여 개와 고양이의 앙숙지간(快宿之間)을 한번 해석해 보고자 한다. 개와 고양이가 서로 자주 싸우는 이유 중의 하나가 나름의 습성에서 기인했다는 설명이 있다. 개는 행복하면 꼬리를 내려서 흔들고, 꼬리를 치켜드는 것은 싸우자는 의미가 있다고 한다. 반면에 고양이는 기분이 좋을 때 꼬리를 치켜들어 살랑살랑 흔든다고 한다. 이와 같은 습성의 다름 때문에 서로의 의도를 오해하고 결국 앙숙처럼 싸우게 된다고 한다. 이 관계를 행렬 대각화 입장에서 설명해 보면, 꼬리를 치켜드는 행동을 대각 행렬 Λ로 대응한다면 개와 고양이는 각각의 습성으로 인해 다른 행렬 E를 가지고 있고, 결국 서로 다른 행렬 A로 인식한다고 해석할 수도 있겠다.

C. 인생 연립 방정식의 해

우리는 초중고등학교에서 연립 방정식 푸는 방법을 참 많이도 배웠다. 여기에서는 우리가 배웠던 그 방법을 인생에 적용하여 한번 이해해 보고자 한다. 공학적 시스템의 특성을 파악하거나 해답을 구하기 위해 그것을 다음과 같은 행렬의 형태로 표현하는 경우가 자주 있다.

$$A_{M \times N} \cdot \vec{x}_N = \vec{b}_M$$

이때 연립 방정식의 해의 존재성(existence)과 유일성(uniqueness)은 행의 수 M과 열의 수 N, 행렬 $A_{M \times N}$의 rank, 그리고 $\vec{b}_M$의 속성에 따라 결정된다. 위의 방정식의 일반 해를 구하기 위해서는 다음과 같은 과정이 필요하다.

$$A_{M*N} \cdot \vec{x}^p_N = \vec{b}_M$$

$$A_{M*N} \cdot \vec{x}^h_N = \vec{0}$$

먼저 위의 두 연립 방정식의 해를 구해야 하며, 최종적인 완벽한 해답은 다음과 같이 구해진다.

$$\vec{x}_N = \vec{x}^p_N + \vec{x}^h_N$$

간단한 예로 $M = N$일 경우를 고려해 보면, A_{N*N}이 정칙(non-singular) 행렬($det A_{N*N} \neq 0$)이면 $A_{N*N} \cdot \vec{x}^h_N = \vec{0}$의 유일한 해는 $\vec{x}^h_N = \vec{0}$이며, 따라서 연립 방정식을 만족하는 유일한 $\vec{x}_N$해는 $A_{N*N}^{-1} \cdot \vec{b}_N$이다. A_{N*N}이 비정칙 (singular) 행렬($det A_{N*N} = 0$)이면 $A_{N*N} \cdot \vec{x}^h_N = \vec{0}$을 만족하는 많은 $\vec{x}^h_N (\neq \vec{0})$ 가 존재하게 되며 결과적으로 한 개 이상의 답이 존재할 수 있다.

다른 시각에서 설명하면, 연립 방정식 $A_{M*N} \cdot \vec{x}_N = \vec{b}_M$에서 서로 선형 독립적인(linear independent) 방정식의 개수가 변수의 개수보다 작은 경우를 'underdetermined'라 정의하며, 일반적으로 하나 이상의 해를 갖는다. 반대로 서로 선형 독립적인 방정식의 개수가 변수의 개수보다 큰 경우를 'overdetermined'라 정의하며 일반적으로 해가 존재하지 않는다.

[해가 존재하는 방정식과 존재하지 않는 방정식]

Underdetermined 방정식의 예

$$2x_1 + x_2 = -1$$
$$4x_1 + 2x_2 = -2$$

두 번째 방정식은 첫 번째 방정식의 양변에 2를 곱해서 얻어질 수 있기에 두 개의 방정식은 서로 선형 의존적(linear dependent)이다. 선형 독립적인 방정식의 개수는 1개이지만, 변수는 2개이다. 따라서 각각의 방정식에 존재하는 모든 점이 해가 되며, 이 경우 해의 개수는 헤아릴 수 없는 무한(uncountably infinite)이다.

Overdetermined 방정식의 예

$$2x_1 + x_2 = -1$$
$$3x_1 - x_2 = 2$$
$$x_1 - x_2 = -1$$

위 방정식의 변수 개수는 2개이지만, 선형 독립적인 방정식의 개수는 3임을 확인할 수 있다. 위의 방정식을 모두 만족하는 해는 존재하지 않는다. 이때 공학에서 가장 많이 사용하는 방법은 다음과 같다. 위의 수식을 행렬(matrix)형태로 표현해 보면 다음과 같다.

$$\begin{bmatrix} 2 & 1 \\ 3 & -1 \\ 1 & -1 \end{bmatrix} \begin{bmatrix} x_1 \\ x_2 \end{bmatrix} = \begin{bmatrix} -1 \\ 2 \\ -1 \end{bmatrix}$$

이때,

$$A = \begin{bmatrix} 2 & 1 \\ 3 & -1 \\ 1 & -1 \end{bmatrix}, \quad \vec{x} = \begin{bmatrix} x_1 \\ x_2 \end{bmatrix}, \quad \vec{b} = \begin{bmatrix} -1 \\ 2 \\ -1 \end{bmatrix}$$

로 정의하면, least squares 근사해는 다음과 같이 정의된다.

$$\min_{x}\left\|A\vec{x}_a - \vec{b}\right\|$$

이 경우에 결과적으로 얻어지는 최종 근사해는 다음과 같이 구해진다.

$$\vec{x}_a = (A^T A)^{-1} A^T \vec{b} = \frac{1}{38}\begin{bmatrix} 5 \\ -22 \end{bmatrix}$$

우리 인생사에서 만나게 되는 대다수의 인생 연립 방정식은 단 하나의 정답만이 존재하기보다는 A_{N*N}이 비정칙(singular) 행렬이거나 undetermined/ overdetermined일 때가 더 많은 것 같다. 위에서 언급한 것처럼 A_{N*N}이 비정칙 행렬이거나 undetermined인 경우에는 하나 이상의 해가 존재하며, 이 경우에 '나'의 답은 수없이 많은 해답 중에서 단지 하나일 뿐이다. 따라서 '나'만의 생각이 유일한 해답임을 주장하면서 다른 사람의 의견을 인정하지 못하고 논쟁하는 것은 연립 방정식 입장에서 합리적이지 못하다.

반면에 overdetermined인 경우에는 연립 방정식을 만족하는 해가 하나도 존재하지 않는다. 많은 공학적인 문제는 위에서 예를 통해 설명한 least squares 방법을 포함해서 $A\vec{x}$와 $\vec{b}$의 차이를 계산하는 다양한 측도와 방법을 통해 얻은 근사해를 정답 대신 차선의 답으로 사용할 때가 많다. 이와 유사하게 내가 정답이라고 생각하는 것들이 실제로는 정답이 아니며 단지 주관적 기준을 가지고 있는 '나'의 마음에 비추어 얻은 하나의 근사해에 불과한 경우가 많을 것이다. 따라서 살아가면서 '나'만의 생각만이 절대적으로 옳고 합리적이라고 무리하게 주장하는 것은 공학 수학의 연립 방정식 관점에서 보면 적절한 대처가 아닐 것 같다.

먼 옛날, 초기 인류 중에 갑이라는 사람이 사자에게 쫓기게 되었을 때, 우연히 큰 나무 위로 도망가서 다행히 목숨을 구한 경험이 있었다고 하자. 이 경험을 통해 그는 맹수를 만나면 나무 위로 도망가야 한다는 지식을 얻었다고 가정해 보자. 을이라는 사람은 동화 속 얘기처럼 곰에게 쫓기는 상황에서 죽은 척하면서 우연히 위기를 벗어난 경험으로부터 맹수를 만나면 죽은 척하면 된다는 지식을 얻었다고 가정하자.

어느 날 갑과 을은 함께 여행하다가 처음 보는 맹수 표범과 맞닥뜨렸다고 하자. 각자가 가진 경험과 지식을 기준으로 판단한다면, 갑은 바로 옆에 있는 나무에 빨리 올라가야 한다고 말할 것이고, 을은 바닥에 누워서 죽은 척해야만 한다고 주장할 것이다. 나무를 잘 타고 영리한 표범이기에 분명 갑과 을 모두 안전하게 위험에서 벗어나기가 쉽지 않을 것 같다. 이처럼 옳다고 믿고 있는 우리의 경험과 지식은 상황에 따라 충분히 제한적일 수도 있을 것 같다.

*내 허물이 없어서 보이지 않는 것이 아니라, 나에 대한
성찰이 부족하여 못 보고 있는 것이다. 나의 성찰이 부족할
수록 남의 허물만 크게 보이는 것일 뿐.*

개인적으로 다양성의 중요성을 처음으로 느낀 것은 아이러니하
게도 콘크리트 공사 현장에서이다. 내가 졸업한 초등학교는 신설
학교로서 거의 입학부터 졸업할 때까지 건설 공사가 계속되었다.
때로는 집에서 세숫대야를 가지고 와서 체육 시간에 단체로 공사장
의 일을 돕기도 했었다. 어린 생각에 콘크리트 버무리는 모습을 바
라보면서 '시멘트와 모래의 가격이 비싸서 부피를 크게 하려고 자
갈을 많이 섞는구나!'라고 생각했다. 이후 부실 공사로 무너질 것
같은 두려움 때문에 초등학교를 졸업할 때까지 축대 근처에는 가지
도 않았던 어릴 적 추억이 있다. 중학교에 진학하고 공업 시간에
콘크리트의 강도를 최대화할 수 있는 시멘트, 모래 그리고 자갈의
황금비율이 1:2:4임을 배우면서 그 두려움이 기우(杞憂)였음을 깨닫
고, 수업 시간에 혼자서 빙그레 웃었던 기억이 있다.

이처럼 콘크리트조차도 굵은 자갈, 고운 모래, 시멘트 그리고 물
을 적당한 비율로 잘 섞어야 하는 것처럼, 사람의 세상도 다양한
생각과 가치관이 잘 어우러져야 건강하고 튼튼해지지 않을까 한다.
나와 다른 생각을 단지 배척할 것이 아니라, 나와는 조금 다른 생

각으로 인정할 수 있다면 사회를 훨씬 성숙하고 튼튼하게 만들 수 있지 않을까 한다. 내 추억 속의 축대는 40여 년이 지난 지금도 아무 탈 없이 그 자리를 지키고 있다.

5

'0'의 관점에서 바라본
노력과 최선의 의미

스스로 자주 던지는 질문 중의 하나는 '과연 나는 최선을 다하고 있는가?'이다. 과연 노력의 의미를 어떻게 해석할 수 있을까? 여기에서는 노력과 최선의 의미를 '0'이라는 숫자를 통해 이해해 보고자 한다. '0'은 인도에서 만들어져서 아라비아 상인들에 의해 전파되었으며, 역사적으로 다른 자연수에 비해 늦게 탄생했다. 그만큼 많은 의미를 지닌 철학적인 숫자라고 말할 수 있지 않을까 한다. '0'의 발명으로 고대 사람들은 드디어 방정식을 풀 수 있게 되었으며, 오늘날까지 우리 생활에 미친 영향력은 가히 상상하는 것 그 이상이라 할 수 있을 것이다.

A. '0'을 더해서 '0'이 아니게 되는 힘

우스갯소리로 묻는다. '$0+0+\cdots+0$'이 얼마일까? 가장 쉽게 할 수 있는 답은 '0'일 것이다. 개인적인 경험으로 고향 근처의 국립대 의예과 시절 교양과목인 철학 개론 시간에 배운 소피스트 학파는, "날아가는 화살의 운동량은 '0'이다."라고 주장했다고 한다. 날아가는 화살의 한순간 스냅샷을 찍어 보면 순간순간 정지해 있는 것처럼 보이고 따라서 그 순간의 운동량은 '0'이며, 결과적으로 '$0+0+\cdots+0=0$'이므로 날아가는 화살의 운동량은 '0'이라는 궤변(詭辯)에 도달하게 되었다는 것이다. 자연과학이 오늘날처럼 발전하지 못했던 당시에는 충분히 있음 직한 일이다. '0'의 개념을 제대로 이해하지 못했던 그 당시에는, 개인적으로도 상당히 혼란스러웠던 기억이 있다. 날아가는 화살의 운동량이 '0'이 아니듯, 실제 '$0+0+\cdots+0$'의 답은 더해지는 '0'의 개수에 따라 '0'일 수도 있고 아닐 수도 있다. 이것은 또한 '0'과 '無'의 개념적인 차이를 이해할 수 있는 좋은 예가 아닌가 한다.

이에 대한 해답은 무한의 개념을 이해하면 쉽게 찾을 수 있다. 무한(infinity)은 두 가지로 나누어질 수 있다. 즉 헤아릴 수 있는 무한(countable infinity)과 헤아릴 수 없는 무한(uncountable infinity)으로 구분될 수 있다. 헤아릴 수 있는 무한의 예는 자연수, 정수 그리고 유리수일 것이다. 이들의 공통점은 특정 규칙에 따라 나열하면 이전의 수와 다음의 수가 무엇인지를 정확하게 알 수 있다는 것이다. 이와 같은 경우를 헤아릴 수 있는 무한이라고 정의한다. 자연수의 경우를 살펴보면 3 다음의 자연수는 4이며, 이전 자연수는 2이다. 유리수는 2개의 정수의 분수 꼴로 표현할 수 있기에 아래의 그림 5-1에서 보이는 것처럼 나열하면 유리수도 자연수처럼 순서를 정할 수 있다. 이 경우 자연수와 유리수 사이에 일대일 대응 관계가 성립하기 때문에 자연수의 개수와 유리수의 개수가 같다고 말할 수 있다. 우리는 초등 수학 과정에서 "자연수가 유리수의 진부분 집합이다."라고 배웠기 때문에 직관적으로는 선뜻 이해하기 힘든 부분도 있다.

['무한'의 묘미]

유리수는 두 개의 정수를 각각 분자와 분모로 가지는 수라고 정의할 수 있다. 따라서 모든 유리수는 2차원 좌표로 표시될 수 있다. 첫 번째 원소는 분자 값을, 두 번째 원소는 분모 값을 의미하도록 매핑하면 된다. 그리고 각 화살표 방향처럼 나선형으로 일렬로 나열하면, 다음의 유리수와 이전의 유리수가 무엇인지를 알 수 있다. 그러므로 유리수는 헤아릴 수 있는 무한 개수만큼 존재하며, 따라서 자연수와 일대일 대응 관계를 맺을 수 있으므로, 유리수와 자연수의 개수와 같다고 할 수 있다.

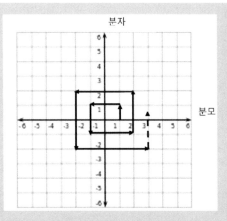

그림5-1. 유리수의 2차원 평면에서의 정렬

반면에 실수는 다음번 실수가 무엇인지를 분명하게 규정할 수 없다. '0' 다음의 실수가 1인가? 아니다. 왜냐하면 '0'과 '1' 사이에는 '0.5'라는 실수가 적어도 하나 존재하기 때문이다. 그렇다면 '0' 다음의 실수가 '0.5' 인가? 물론 아니다. 적어도 '0'과 '0.5' 사이에는 '0.25'라는 실수가 존재하기 때문이다. 이처럼 어떠한 두 실수 사이에는 중간값이라는 또 다른 실수가 항상 존재하기에 다음 실수란 말이 성립할 수 없다. 이런 경우를 헤아릴 수 없는 무한이라고 한다.

이처럼 '$0+0+\cdots+0$'에서 '0'의 개수가 헤아릴 수 없는 무한이라면 합은 더 이상 '0'이 아니다. 이 내용을 공간에서 이해해 보면, 부피와 체적을 갖지 않는 점들이 헤아릴 수 없는 무한 개수만큼 모여서 선, 면 그리고 공간을 이룬다는 것이다. 이와 같은 맥락에서 재미있는 예를 하나 든다면, 1cm 직선에 들어있는 점의 수와 1km 직선에 들어있는 점의 수 중에서 어느 쪽이 더 클까?

아래 그림 5-2에서 보인 것처럼, 1cm 직선에 들어있는 점들과 1km 직선에 들어있는 점들 사이에 일대일 대응 관계를 맺을 수 있기 때문에, 길이가 다른 두 직선에 포함된 점의 개수는 같다고 말할 수 있다. 직관적으로 이해하기 어려운 부분이 있으나 이것 또한 무한이 가진 매력 중의 하나가 아닐까 한다.

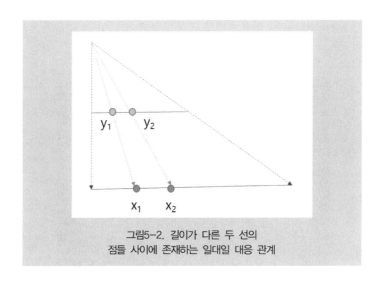

그림5-2. 길이가 다른 두 선의
점들 사이에 존재하는 일대일 대응 관계

우리의 일상 속에서 경험할 수 있는 '0+0+⋯+0'의 답이 '0'이 아닐 수도 있는 하나의 예로 뒷장의 그림 5-3에서 보이는 것처럼 비 올 때 생기는 작은 처마 끝 낙숫물에 의해 댓돌에 생긴 구멍을 들 수 있지 않을까 한다. 한 방울의 낙숫물이 가진 힘은 너무나 미약하고 확인하기조차 쉽지 않지만, 오랜 세월 동안 방울 방울의 힘이 모여서 댓돌에 큰 구멍을 남긴다. 또 다른 의미로 해석해 보면, 매 순간의 노력은 너무나 작아서 무의미하게 보일 수 있을지 모르지만, 이 작은 노력이 모이고 모여서 일정 수준에 이르면, 위에서 언급한 '0'과 낙숫물처럼, 마침내 노력의 의미와 결과가 분명하게 보이지 않을까 한다. 이것은 지속적인 노력이 가진 힘이기도 하고 또한 실천하기 힘든 이유이기도 할 것 같다.

그림5-3. 처마 끝 낙숫물에 의해 댓돌에 생긴 구멍

말콤 글래드웰(Malcolm Gladwell)의 저서 『아웃라이어』를 통해 대중들에게 소개되었던 1만 시간 법칙이 화제가 된 적이 있다. 굳이 구체적인 수치를 따져가면서 이 법칙의 진위를 논하고 싶지는 않다. 다만 한 분야의 전문가가 되기 위해서는 많은 시간, 즉 '0+0+⋯+0'이 단순히 '0'이 되지 않을 만큼의 노력이 필요한 것이라고 해석하고 싶다. 우리나라 야구의 전설 중 한 명인 이승엽 선수는 "평범한 노력은 노력이 아니다."라고 말했다. 그가 말한 비범한 노력 또한 '0+0+⋯+0'이 단순히 '0'이 아닐 수 있을 만큼의 노력을 의미하는 것은 아니었을지 추측해 본다.

B. 최선의 노력에 대한 정의

'최선의 노력'은 내 능력의 몇 퍼센트 정도로 일하는 것일까? TV 프로그램에서 유명 작가 출연자가 한 말이 뇌리에 오래 머무른다.

> *나는 내 능력의 80%로 노력한다. 왜냐하면 인생을 살다 보면 예측하지 못한 어려움을 자주 부닥뜨리게 되는데 그 때를 대비하여 힘을 비축하고 있어야 한다.*

충분히 이해되고 또한 일리(一理)가 있다고 생각한다. 일본 다큐멘터리 영화 <인생 후르츠>에서는 현대 자본주의 사회에서 최선의 노력을 다해 달리다가 마침내 극도로 피로한 상태(burn out)가 되어 정신 병원에 입원한 사람들의 이야기가 나온다. 91세 주인공 할아버지께서는 인생의 마지막 건축 작품으로 그들을 위한 병원을 무료로 설계해 주고 도와주신다. 애석하게도 병원이 완공되기 전에 돌아가신 할아버지의 영정 사진을 들고 할머니께서 병원을 방문하시는 모습이 가슴에 진한 감동을 남기는 영화였다.

나 또한 스스로에 대한 욕심 혹은 과도한 업무 때문에 탈진하여 무기력증을 느낀 경험이 있기에 충분히 공감할 수 있는 내용이었다. 현대 사회를 살아가는 우리 중에서, 이 정신 병원에 입원한 환자들처럼 '번아웃' 상태로 자신의 모습을 잃어버리지 않는다고 누가 장담할 수 있겠는가? 그래서 나 나름대로 '최선의 노력'을 다음과 같이 정의하고 싶다. 일생 '평균적으로 내 능력의 80% 정도의 노력으로 살면 최선을 다한 삶이다.'라고 스스로 위로하고 싶다. 때로는 100% 가까운 또는 그 이상으로 노력으로, 때로는 60% 정도의 노력으로 살아내면 되지 않을까? 혹시나 너무 게으르다고 힐책받지는 않기를 바란다.

우리 연구실을 전공 분야로 선택해서 왔던 모든 학생과의 만남에서, 그들에게 전하는 첫 번째 말 중의 하나가 "연구를 하다 보면 결코 무너지지 않을 것 같은 크나큰 벽을 미는 것 같이 느껴진다. 온 마음을 다해, 온 정성을 다해 밀고 또 밀다 보면 그 벽에 균열이 생기고 마침내 허물 수 있다. 할 수 있겠는가? 지금 이 처음의 마음을 잃지 말고 힘들고 지칠 때 이곳을 출발점으로 삼아 다시 시작하자."이다. 이 얘기는 길다면 길고 짧다면 짧은 나의 인생에서 배운 진심이다. 학생들에게 하는 말이면서 동시에 나 스스로 하는 다짐이기도 하다.

개인적으로 나는 마음속에 인생에서 얻은 3개의 새로운 출발점을 가지고 있다고 생각한다. 첫 번째는 어릴 적 꿈을 위해 고향에 있는 지방 국립대 의예과(醫豫科)를 휴학하고 힘겹게 견뎌냈던 반수 시절이고, 두 번째는 아무런 준비 없이 유학을 결정한 뒤 계획 없이 병역 특례를 그만두고, 지금의 집사람인 여자친구를 둔 채 나이 28살이 다 되어서 12월 23일 현역으로 입대했던 일이다. 세 번째는 장학금과 졸업을 위해 밤낮으로 문제를 고민하느라 고되었던 박사 과정 시절이다. 이 모두가 살아오면서 개인적으로 가장 힘들었던 시기이기도 하면서 동시에 가장 보람찬 시절이었고, 스스로 한 단계 성장할 수 있었던 계기가 되었다고 생각한다. 그러고 보면 인생 고비의 어려운 시기에 새롭게 시작하기 위한 마음속 자기만의 출발점을 가지기 위해서라도, 몇 번쯤은 자신이 가진 능력의 100% 이상으로 노력하면서 자신을 단련하고 동시에 테스트해 볼 기회를 가져보는 것도 좋지 않을까 한다. 개인적으로 '처음처럼'이란 말을 좋아한다. 매 순간 이런 마음으로 살고 싶다. 아래 나의 SNS 속 사진처럼 말이다(사진은 오래전에 동네 근처 사찰에 갔다가 마음에 와닿아 찍어 둔 것이다).

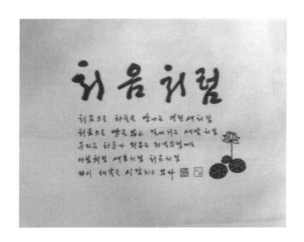

지인의 배려로 만나게 된 <사색의 향기>라는 이메일을 통해 박
정순 님의 「여보게 쉬엄쉬엄 살게나」라는 시를 만났다. 자의 반 타
의 반으로 열심히 달리다가 스스로 힘에 겨워서 잠시 멈칫거리고
있을 때 나에게 다가온 시였다. 지금도 조그마한 A4 용지에 출력
하여 연구실 벽에 걸어두고 있다. '조금만 더~'라는 욕심으로 스스
로 마음이 혼란스러울 때마다 곁눈으로 한번 힐끗 쳐다보며 마음의
위로를 얻고 있다.

C. 오해하기 쉬운 확률값 '0'의 의미

일상에서 확률값 '0'의 물리적인 의미를 잘못 이해하고 사용하는
경우를 자주 보게 된다. 한 가지 재미있는 예를 들어보면, 주사위를
한번 던지는 실험의 경우, 샘플 스페이스는 {⚀⚁⚂⚃⚄⚅} 로
정의되고, 모든 경우의 수가 발생할 확률이 같다고 가정하면, 확률 공
리(probability axioms)을 만족하기 위하여 각 주사위의 면이 발생할
확률은 1/6이 된다. 만약에 이 실험에서 누군가가 주사위 면이 7개의
점을 가진 면이 나올 확률을 묻는다면, 별 생각 없이 그 확률값이 '0'
이라고 답할 수 있다. 우리는 일반적으로 '확률값이 '0'이면 절대로
발생하지 않고 '확률값이 1'이면 항상 발생한다고 생각하기 때문이다.
이는 확률 이론에서 본다면 잘못된 생각이다. 실제로 확률값이 '0'인

사건이 발생할 수 있고, 또한 확률값이 '1'인 사건이 발생하지 않을 수 있기 때문이다.

랜덤 실험의 예로, 일정 면적의 정사각형 안에 면적이 '0'인 이상적인 뾰족한 끝을 가진 바늘을 떨어트리는 실험을 상상해 보면 쉽게 이해할 수 있다. 바늘이 사각형 내부의 한 점에 떨어진 경우를 생각해 보자. 실험 전에 바늘이 그 점에 떨어질 확률은 분명 '0'이다. 왜냐하면 사각형 안에 있는 점의 총 개수는 헤아릴 수 없을 만큼의 무한(unaccountably infinite)이고, 바늘이 떨어질 곳은 단 하나의 점이기 때문이다. 즉, 확률값이 '0'인 경우가 발생한 것이다. 반면에 주사위 면이 7개의 점을 가진 면이 나올 확률은 정상적인 주사위를 던져서는 절대 발생할 수 없으므로, '7'이라는 실험 결과는 이 실험의 샘플 스페이스에 포함되어 있지 않기 때문에, 이 경우는 확률값이 '0'이 아니라 '정의할 수 없음(undefined)'이 되어야 한다.

6

공학의 최적화 입장에서 바라본
인생의 최적화

공학에서 최적화(最適化; optimization)는 그 자체로 큰 의미가 있다. 왜냐하면 일반적으로 최적의 해는 공학적 시스템의 성능 평가를 위한 벤치마킹으로 많이 사용되기 때문이다. 공학에서 최적화 문제를 만드는 절차를 아주 간략히 설명하면, 먼저 시스템과 관련된 변수들을 확인해야 하고, 동시에 어떠한 변수들이 관측 가능한지 그리고 어떠한 변수들을 제어할 수 있는지를 확인해야 한다. 다음으로 공학 시스템의 설계 목표를 반영하여 앞에서 확인한 변수들의 관점에서 최적화하고자 하는 목적 함수(target function)(또는 비용 함수 (cost function))를 정의해야 한다. 동시에 제어 변수들이 만족해야만 하는 제약 조건을 확인함으로써, 최적화 문제를 정리할 수 있다.

내가 전공하는 연구 분야에서는 얻고자 하는 것과 그에 대한 반대급부로 지불하는 비용이 반비례 관계일 때가 많다. 이때 두 부분에 가중치(weighting factor)를 곱해서 결합하면 대개는 볼

록(concave)하거나 오목한(convex) 형태의 페널티 함수(penalty function)를 정의할 수 있다, 이런 경우 비교적 간단한 미분에 기반한 기법들을 이용하면 최적의 해를 구할 수 있다. 아이러니하게 유사한 연구 주제를 다루고 있는 많은 연구논문에서 자기들의 연구 결과가 최적이라고 주장한다. 최적이라는 단어의 의미를 생각해 보면 최적의 해는 하나가 아닌가 하는 의문이 생길 수 있다. 이렇게 최적의 해가 많이 존재할 수 있는 이유는 각자의 연구가 정의하는 목적 함수가 다르기 때문이다. 공학을 연구하는 사람으로서는 개인적으로 정말 다행이라고 생각한다.

A. 인생 최적화의 의미

공학 문제의 최적화 과정을 인생 최적화에 적용해서 한번 이해해 보면 어떨까? 공학의 문제처럼, 나에게 허용된 시간, 주어진 능력 그리고 열정의 총량은 어느 정도 제한적이다. 그러므로 인생을 살아가면서 나에게 허용된 자원을 효율적으로 사용하는 것이 효율적인 삶을 살기 위한, 충분조건까지는 아닐지 모르지만, 필요조건은 될 것 같다. 먼저, 공학 분야의 최적화 예제로 우리 연구실의 논문 중에서 미디어 압축 및 전송 관련 최적화 문제를 먼저 한가지 사례로 소개하고, 이 사례에서 사용된 간단한 최적화 기법을 나의 인생에 적용해서 한번 바라보고자 한다.

[최적화 문제]

우리 연구실 논문에서 다루고자 했던 다음 문제는 멀리 떨어져 있는 송신자(sender)와 수신자(receiver) 사이에 무선 채널을 통해 고화질의 동영상을 실시간 전송하는 상황을 고려하고 있다. 이 논문의 연구 목표는 허용 가능한 데이터 손실률 범위 내에서 송신기로부터 수신기까지 주어진 지연 시간 내에 가능한 많은 동영상 데이터를 안정적으로 전송하고자 하는 것이다. 아래의 그림 6-1은 송신기로부터 수신기까지 5개의 무선 링크(link)를 포함한 경로의 예를 보여주고 있다.[9]

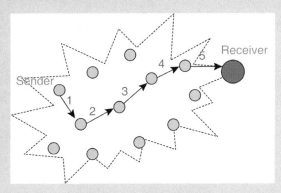

그림 6-1. 무선 채널을 통해
고화질의 동영상을 실시간 전송의 예

먼저, 아래의 최적화 문제에서는 송신기와 수신기 사이의 무선 경로가 임의의 n개의 무선 링크를 포함하고 있다고 가정한다. 여기서 제어 변수는 각 무선 링크에서 물리 계층의 전송 모드 $md_{DataUnit}$이고, 패킷 손실률과 데이터 패킷들의 시간 지연이 관측 변수이며, 목적 함수는 수신기에 허용 가능한 시간 지연보다 늦게 도착한 데이터의 시간 지연의 합으로 정의되었다.

---

9) GyeongCheol Lee and Hwangjun Song, "Cross-layer optimized video streaming based on IEEE 802.11 multi-rate over multi-hop mobile ad hoc networks", *ACM/Springer Mobile Networks and Applications (MONET)*, special issue on Wireless Heterogeneous Networks and Next Generation

Optimal Problem Formulation:

Determine the PHY modes vector

$$\overrightarrow{md}_{Data\,Unit} = \left\{\left(md_1^1,\cdots,md_{N_Q}^1\right),\cdots,\left(md_1^{K_{hop}},\cdots,md_{N_Q}^{K_{hop}}\right)\right\}$$

in a data unit and the retransmission limit of each packet to minimize

$$\sum_{j=1}^{N_Q}\sum_{i=1}^{N_P} max\left\{\sum_{m=1}^{K_{hop}} \nabla ay\big(md_j^m\big(PK_i\big)\big) - \nabla ay_{deadline}, 0\right\},$$

subject to $1 - \prod_{m=1}^{K_{hop}}\prod_{j=1}^{N_Q}\big(1 - PLR_j^m\big) \langle PLR,$

where md_j^m denotes the PHY mode in the j_{th} quantum window of the data unit over the m_{th} link, N_Q is the number of quantum windows in a data unit, N_P is the number of packets in a quantum window, $delay\big(md_j^m\big(PK_i\big)\big)$ is the delay that is required for the transmission of a packet PK_i when md_j^m is chosen over the m_{th} link, $delay_{deadline}$ is delay deadline of each packet, PLR_j^m is the observed packet loss rate in the j_{th} quantum window of the data unit over the m_{th} link, K_{hop} is the number of hops over the end-to-end path, and PLR_{tol} is the tolerable packet loss rate in a data unit.

위의 최적화 문제는 모든 무선 링크의 과거, 현재 그리고 미래의 모든 정보가 전부 알려진 상황에서 물리 계층에서의 모든 전송 모드가 동시에 결정되어야만 최적의 해답을 얻을 수 있다. 그러나 이것은 현실에서는 불가능한 일이다. 그 이유를 좀 더 상세하게 그림 6-1에서 설명해 보면, 송신기에서 전송한 데이터 패킷은 5개의 링크를 거쳐 수신기까지 도착하

Internet, Vol. 15, Issue 5, pp. 652-563, 2010.

게 되는데, 이때 링크 #2에서의 전송 모드를 결정하는 과정에서 링크 #1
과 #3~5상에서 시변환하는 채널 상태 정보와 전송 모드 정보가 필요하
다. 그러나 링크 #3~5상에서의 정보는 미래 정보로서 현재의 시점에서는
정확히 알 수 없으며 어떤 전송 모드가 선택될지도 미정인 상태이다. 그
리고 링크 #1에서 전송 모드는 이미 지나가 버린 과거의 값이기 때문에
현재 시점에서 변경이 불가능하다. 따라서 위의 최적화 문제의 해답은
현실에서는 구할 수 없다. 물론 추정론(estimation theory)을 이용하여 현
재까지의 정보를 기반으로 비교적 가까운 채널의 미래 정보를 예측하는
공학 기술들이 개발되어 있지만, 여전히 미래의 값을 예측하는 것은 어
렵고, 통계적 특성이 급격하게 바뀌는 무선 채널 환경에서는 더더욱 한
계가 있다. 따라서 현실적으로 구할 수 있는 해답을 얻기 위해서는 먼저
최적화 문제를 다음과 같이 수정해야 한다.

Causal Problem Formulation:

Determine the PHY mode $\left\{\left(md_1^1, \cdots, md_{N_d}^1\right), \cdots, \left(md_1^k, \cdots, md_{N_d}^k\right)\right\}$ in a data unit and the retransmission limit of each packet at the k_{th} link ($1 \leq k \leq K_{hop}$) to minimize

$$\sum_{j=1}^{N_Q} \sum_{i=1}^{N_P} max \left\{\sum_{m=1}^{k} delay\left(md_j^m\left(PK_i\right)\right) - delay_{deadline}^k, 0\right\},$$

subject to $1 - \prod_{m=1}^{k} \prod_{j=1}^{N_Q} \left(1 - PLR_j^m\right) \langle PLR_{tol}.$

where the delay deadline of packet until the k_{th} link ($delay_{deadline}^k$) is given by

$$delay_{deadline}^k = \frac{delay_{deadline}}{K_{hop}} \cdot k.$$

위의 문제는 현재 링크 #k의 제어 변수인 전송 모드를 결정하는 과정에
서 미정의 상태인 미래 시점의 전송 모드에 대한 정보가 필요하지 않고,
이미 지나온 링크 상에서의 과거 전송 모드를 변경할 필요도 없다. 단지
이미 지나온 링크들에서 과거 정보의 관측만이 필요하다. 따라서 현시점
에서 풀 수 있는 최선의 문제이다. 그러나 현실에서 실제 시스템을 구현

하는 과정에서 필요한 정보를 수집하기 위해, 즉 $\prod_{j=1}^{N_Q} PLR_j^m$을 계산하기 위해서, 전체 데이터가 버퍼에 도착할 때까지 기다리는 시간이 길어질 수 있다. 따라서 데이터 전송이 많이 지연될 수 있고, 이로 인하여 동영상 품질이 심각하게 저하될 수 있다. 이 버퍼의 대기 시간 지연을 줄이기 위해서 현재 시점 기반의 슬라이딩 윈도우(sling window)를 도입하고, 이 윈도우 내에서 현실적으로 이용 가능한 정보만을 가지고 최선의 링크 #k의 전송 모드를 결정하고, 버퍼에 저장된 데이터의 전송을 가능한 한 빨리 시작하는 것이 공학적 시각에서 합리적인 결정이다. 따라서 이 경우 문제는 다음과 같이 수정될 수 있다.

Modified Causal Problem Formulation with Sliding Window:

Determine the PHY mode
$$\left\{ \left(md_1^1, \cdots, md_{N_{Slide\,Win}}^1 \right), \cdots, \left(md_1^k, \cdots, md_{N_{Slide\,Win}}^k \right) \right\} \text{in the sliding}$$
window and retransmission limit of each packet at the k_{th} link
$(1 \le k \le K_{hop})$ to minimize

$$\sum_{j=1}^{N_{Slide\,Win}} \sum_{i=1}^{N_P} max \left\{ \sum_{m=1}^{k} delay \left(md_j^m(PK_i) \right) - delay \, _{deadline}^k, 0 \right\},$$

$$\text{subject to } 1 - \prod_{m=1}^{k} \prod_{j=1}^{N_{Slide\,Win}} \left(1 - PLR_j^m \right) \langle PLR_{tol}.$$

where $N_{Slide\,Win}$ is the number of quantum windows in the sliding window. In the case of the sliding window approach, the end-to-end packet loss rate constraint may not be satisfied in a data unit.

이번에는 최적화 문제를 실생활에 비유해 보고자 한다. 내가 사는 포항에서 대구와 대전을 경유하여 서울로 출장 가는 예를 상상해 보자. 최적화 문제 관점에서 본다면, 포항은 송신기, 서울은 수신기에 해당하고, 대구와 대전은 중간 릴레이 노드들에 해당한다. 각 도시 사이의 물리적 거리가 무선 링크에 해당하며, 도시 간에 자가 차량, 고속버스, KTX 등 이용 가능한 교통편이 무선 링크상에서의 전송 모드에 해당한다. 회의 시간을 맞추기 위해 포항에서 출발해 서울까지 지금부터 4시간 이내에 도착해야 하며, 가능한 한 교통비를 절약해야 하는 최적화 문제로 접근해 보자. 먼저 'Optimal Problem Formulation'에서는 모든 미래의 도시 간 교통 정보가 이미 알려져 있다는 다소 비현실적인 가정하에, 모든 경유지 도시를 포함하여 포항과 서울 간의 이용 가능한 교통수단의 모든 조합에 대해 소요 시간과 교통비를 계산한 다음, 4시간 이내에 서울에 도착할 수 있는 조합 중 최소 교통비를 지불하는 조합을 선택하는 경우에 해당한다. 출장을 계획하는 단계에서는 유용한 정보가 될 수 있다.

그러나 현실에서 여정을 출발했다고 생각해 보자. 앞에서 최적의 해로 선택된 조합으로 포항과 대구 구간에서 자가 차량이 선택되었다고 하자. 그런데 고속도로에서 예상치 못한 교통사고나 체증으로 인해 1시간 정도 지연되었다고 가정하자. 이때 잘못된 선택이었다고 생각이 들더라도, 처음 출발지였던 포항으로 다시 돌아가서 다른 교통편을 선택할 수는 없는 노릇이다. 회의 시간에 맞춰서 도착하기 위해서는 남은 여정에서 지연된 시간을 고려하여 제시간에 도착할 수 있는 다른 방편을 찾는 것이 합리적이다. 이것이 위의 'Causal Problem Formulation'에 해당한다. 마지막으로, 다음 경유지 도시에 도착하기 전이라도 계속해서 중간중간 소요 시간과 남은 거리를 체크하고, 너무 늦어질 것 같으면 이면도로(裏面道路)를 선택하여 경유지 도시를 거쳐 교통편을 바꾸는 등의 접근 방법이 'Modified Causal Problem Formulation with Sliding Window'와 개념적으로 비슷하다고 할 수 있겠다.

인생 목적 함수: 공학의 경우처럼, 인생의 목적 함수를 무엇으로 정할 것인가는 인생의 최적화에서 매우 중요한 문제일 것이다. 이것은 인생의 의미와 목표를 어디에 둘 것인가와 밀접한 관련이 있을 것 같다. 목적 함수의 정의가 합리적이지 못해서 많은 열정과 노력으로 얻어진 최적의 답이 실제로는 신통치 않은 경우가 발생할 수도 있다. 그러나 합리적인 인생 목적 함수의 정의 자체가 매우 모호하고 어려울 수 있다. 그 이유는 공학의 목적 함수는 일반적으로 수치화가 가능한 물리적인 값을 정의하는 경우가 대부분이지만, 인생 최적화에서는 물리적인 요소 이외에도 다양한 심리적 또는 정신적인 요소들이 반드시 포함되어야 하기 때문이다. 이와 같은 심리적 또는 정신적인 요소들은 주관적인 요인이 많아서 일반화하여 객관적인 수치로 표현하는 것이 매우 어렵거나 때로는 완전히 불가능하다. 결국 목적 함수를 어떻게 정해야 하는가는 여전히 open problem인 것 같다.

속세(俗世)를 살아가는 나를 포함한 보통 사람들은 다양한 형태의 보편적인 인간 사회에서의 성취를 조금씩은 인생의 목표에 두고 있지 않을까 생각해 본다. 이 보편적인 인간 사회에서의 성취라는 용어 자체도 정의하기가 모호한 부분이 있지만, 여기에서는 광의적(廣義的) 의미에서 석가모니께서 말씀하신 오욕과 조금이나마 관련이 있어 보이는 부분으로 정의하고자 한다. 그리고 지금부터 설명의 편의성을 위해 인생의 목적 함수가 보편적인 인간 사회에서의 성취 정도라고 정의하고자 한다. 보편적인 인간 사회에서의 성취를 전혀 포함하지 않은 인생 목적 함수를 가지고 살아갈 수는 있는 것일까? 속세에 물들어 살아가고 있는 나 같은 사람은 감히 상상조차 하기 힘든 일인 것처럼 느껴진다. 나의 경우 구체적인 인생 목적 함수의 예를 든다면 우리 가족의 안정적인 생활을 보장하는데 필요한 어느 정도의 재산, 제대로 사람 노릇을 할 수 있을 정도의 명예, 그리고 내 전공 분야에서 그래도 나름 열심히 노력했다고 인정을 받을 정도의 학문적 성과 등이 포함되지 않을까 한다.

　　다행스럽게도 주변을 살펴보면, 적어도 내 눈에는 긴 세월을 보편적인 인간 사회에서의 성취 정도에 크게 집착하지 않는 인생 목적 함수를 가지고 사는 듯한 사람들이 있다. 먼저 최근 고등학교 친구에게 들은 선배 이야기를 소개하고자 한다. 1980년대 초중반에는 우리나라 경제가 지금만큼 발전하지 못했었고, 진학하고자 하는 대학을 결정할 때도 상대적으로 등록금이 적으면서 우수한 교육 환경을 제공했던 지방 국립대의 선호도가 높았었다. 그 당시 집안 사정상 지방 국립대로 진학했던 선배는 고등학교 시절에 이미 평생을 치열하게 경쟁하면서 살고 싶지 않다고 생각했고, 대학을 졸업할 때도 모두가 선호하는 대도시의 교사 자리에 연연하지 않고, 스스로 작은 시골 학교로 지원해서 학생들을 가르치며 자연과 함께 생활하면서 글쓰기를 즐겼다고 한다. 그러다 지금은 문단에 등단까지 했고, 대도시 인근의 산기슭에 그림 같은 전원주택을 짓고, 교사인 부인과 함께 행복하게 지낸다고 한다.

고등학교 졸업 후 20여 년이 지나 나이 40을 넘어서야 다시 만난 나의 친구 중에도 흥미로운 이야기를 가진 이가 있다. 그는 고등학교 시절 자기가 가고 싶은 대학의 학과에 입학할 정도로만 공부하고, 나머지 시간은 취미 생활로 혼자서 독서와 기타 연주를 즐겼다고 한다. 책을 한번 숙독(熟讀)하면 모두 외어 버릴 정도의 명석함을 가진 친구다. 그렇게 바빴던 고등학교 시절에도, 학교 정문을 나서는 순간부터는 교과서나 자습서 공부를 해 본 적이 없다고 한다. 대학 시절에는 대학 동아리 그룹사운드에서 활약하면서 잘생긴 외모와 큰 키로 많은 인기를 누리기도 했었다. 지금은 의사이자 교수로 사회에 크게 공헌하고 있으며, 프로 수준의 기타 실력을 취미로 여전히 즐기고 있다. 너무도 얄밉고 또한 부럽다.

그 어린 나이에 누구도 가르쳐 주지도 않은 것들을 어떻게 알아차릴 수 있었을까? 인생을 살아가는 지혜로움과 현명함에 그저 눈부실 따름이다. 나만 바보 같다는 느낌을 지울 수 없다. 지치고 힘들 때 환자를 치료하면서 자신의 존재 이유를 깨닫고 힘을 얻는다고 한다. 타고난 의사임이 틀림없다. 또한 내가 아는 친구들의 범위에서는 불교에 대한 가장 해박한 조예(造詣)와 믿음을 가지고 있다.

그리고 너무도 우직하게 평생을 보편적인 인간 사회에서의 성취와는 다소 무관한 인생 목적 함수를 가지고 사는 친구도 있다. 중학교 때부터 동무로 지내고 있는 그는 지금 경기도에서 초기 교회의 정신을 실천하겠다는 신념으로 어려운 환경에서 공동체와 교회를 개척하고 있는 목사이다. 중학교 시절 동부 정류장 근처에서 군만두를 같이 먹고 함께 교회 가자고 할 때마다, 만두만 얻어먹고 그냥 집으로 내빼버린 얄미운 친구가 바로 나다. 왜 나 같은 사람과 지금까지 동무를 해주고 있는지 솔직히 잘 알지는 못하지만, 여하튼 그는 나의 친구이다. 부유한 사업가 집안 출신임에도 불구하고, 대학 진학과 함께 경제적으로도 홀로서기를 했던 친구였다. 지금까지 살아오면서 그리고 앞으로 살아갈 인생길에 공통점이나 교집합이 무척이나 적을 것임이 분명함에도, 가끔 연락해서 가족과 함께 찾아가고 또 찾아와 주는 것을 보면 그도 여전히 나를 동무로 생각해 주는 것 같다. 무엇보다도 온종일 혼자 집에서 힘들게 공부했던 나의 100여 일의 반수(半受) 시절 동안, 하루도 거르지 않고 전화해 준 고마운 친구이기도 하다. 또한 대학 합격자 발표가 나던 날, 나를 대신에 서울까지 10시간 이상 걸리던, 지금은 없어진 비둘기호(당시는 완행열차였다)를 밤새 타고 다녀온 친구이기도 하다. 복 많이 받을 사람임에 틀림이 없다. 내 기억에 따르면 그의 내면의 모습과 생각은 빡빡머리였던 중학교 시절이나 흰머리가 희끗희끗 보이는 50대 중반의 지금이나 큰 차이가 없는 것처럼 느껴진다. 이런 그의 모습을 알기에, 우직하게 평생을 보편적인 인간 사회에서의 성취와는 무관한 인생 목적 함수를 가지고 성실하게 살아내는 친구가 대견스럽고 존경스럽다. 나는 결코 흉내도 내기가 어렵다.

이 사진은 친구의 공동체 교회에 걸려있는 십자가 사진이다. 인위적으로 다듬어지지 않은 자연의 모습이고 너무나 순박한 십자가이지만, 그가 추구하며 살아오고 있는 모습을 가장 잘 표현하고 있지 않나 생각한다. 그리고 지금 그의 모습과도 너무나 닮아있어 놀라울 따름이다.

위의 사례들처럼 보편적인 인간 사회에서의 성취에 큰 욕심이 없이 또는 이타적인 삶을 살아가고 있는 사람들은 이미 '공(空)의 마음' 그리고 '이웃을 내 몸과 같이 사랑하는 마음'을 닮았기에, 앞에서 언급한 보편적인 인간 사회에서의 성취 정도를 반영한 인생 목적 함수 자체를 정의할 수 없는 경우에 해당한다고 할 수 있을 것 같다. 따라서 다음에서 설명하고자 하는 인생 최적화는 더 이상 아무런 의미가 없으며, 그 자체로서 이미 진정한 의미의 최적화가 이루어진 완성(完成)된 삶을 살고 있다고 말할 수 있지 않을까 한다. 이와 같은 사례들은 불교에서 말하는 무루유위(無漏有爲)의 경지에 가까울 것 같다.

B. 인생 최적화를 위한 공학적 방법론

언급한 바와 같이 여기서부터는 인생의 목적 함수를 보편적인 인간 사회에서의 성취 정도로 국한해서 고려해 보고자 한다. 앞에서 소개한 사례들과는 반대로, 모든 삶의 순간마다 보편적인 인간 사회에서의 성취 측면에서 최대의 이득을 얻기 위해 너무 복잡하고 세밀한 목적 함수를 정의하는 경우에는 최적화 과정에서 국부 최소/최대 문제(local minimum/maximum problem)에 봉착할 수 있고, 또한 최적화 과정이 많이 복잡해질 수 있다. 한자 성어로 표시해 본다면 이와 같은 상황이 소탐대실(小貪大失)이 아닐까 한다. 일반적으로 공학에서는 상대적으로 수월하게 전역 최적 해(global optimal solution)를 구하기 위해서 목적 함수가 볼록하거나 또는 오목한 단순 함수로 표현되도록 정의하는 경우가 많다.

이와 같은 위험성을 보여주는 공학적인 문제의 예로 아래 그림

6-2에서 보이는 polynomial curve fitting: parametric approach를 소개하고자 한다. 이 문제는 관측된 데이터로부터 다항식의 모델과 해당하는 계수값을 추청하는 알고리즘 문제이다. 아래 그림 6-2의 (a)는 너무 단순한 일차 함수를 모델로 선택했기에 변수가 2개 밖에 없어 관측 데이터와 다항식 모델 사이의 오차를 줄이는 데 한계를 보여주고 있지만, (b)는 2차 함수를 모델로 선택하여 주어진 관측된 데이터와 오차를 효과적으로 줄일 수 있다. 한편 그림 6-2 (c)처럼 약간의 불확실성이나 오류를 포함할 수 있는 관측 데이터와의 오차를 최소화하는 데 너무 집중하다 보면, overfitting된 결과를 얻게 되며 오히려 주어진 데이터의 일반적인 특성을 찾는 데 실패하는 결과를 초래할 수 있다. 이 현상을 나무를 보다가 숲을 보지 못하는 상황에 비유할 수 있지 않을까 한다. 이와 같은 overfitting 문제를 해결하기 위해 다항식의 차수를 목적 함수에 포함시켜 정의하는 방법이 공학적으로 많이 사용된다. 이처럼 다항식의 차수가 잘못 정해지면 아무리 계수값을 최적으로 결정한다 해도 전혀 엉뚱한 결과를 얻게 됨을 간단한 공학적인 예에서도 확인할 수 있다. 또한 이와 같은 overfitting된 함수가 최적화 문제의 목적 함수로 정의되는 경우에는 여러 개의 국부 최소/최대점이 생길 수 있어 최적화 과정을 어렵게 만들 수 있음을 확인할 수 있다.

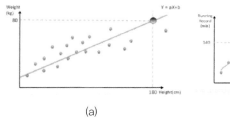
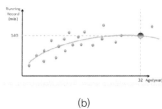

(a)

(b)

그림 6-2. polynomial curve fitting: parametric approach의 예.

그림 6-2. polynomial curve fitting: parametric approach의 예.

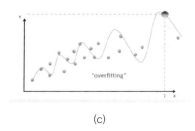

(c)

그림 6-2. polynomial curve fitting: parametric approach의 예.

합리적인 인생 목적 함수를 정의했다면 최적의 해를 얻기 위한 인생 최적화 방법은 어떤 것이 있을까? 일단 위에서 설명한 공학 문제에서 사용된 방법론을 한번 따라가 볼까 한다. 공학 문제의 Optimal Problem Formulation처럼, 일생 동안 최적의 해는 과거, 현재 그리고 미래의 모든 상황 정보를 다 알고 있다는 가정하에 과거, 현재 그리고 미래의 변수들이 동시에 결정되어야 한다. 이 가정은 현실에서는 도저히 있을 수 없는 불가능한 일이다. 왜냐하면 가장 먼저 내 인생이 언제까지 지속될지 알 수 없으며, 인생에서 지나간 과거로 되돌아가서 결정을 번복할 수도 없는 일이고, 아직 오지 않은 미래에 어떤 일이 있을지 정확히 알 수 없기 때문이다. 그래서 과거의 한 시점에서는 최선의 답이라고 선택한 결정이 세월이 흘러 나중에 되돌아보면 어리석기 짝이 없어 보이고, 그 어리석음에 가슴 아파하며 후회하곤 한다. 얼마나 풀기가 어렵고 안타까웠으면 『지금 알고 있는 걸 그때도 알았더라면』(류시화 엮음)이라는 책이 있을까? 결코 나만의 어려움은 아닌 것 같아 동병상련(同病相憐)의 위로가 느껴진다.

그렇다면 인생 최적화 문제를 현실적으로 합리적인 수준에서 풀 수 있도록 어떻게 단순화시킬 수 있을까? 공학 문제의 Causal Problem Formulation을 적용해 본다면, 과거의 나의 결정과 그에 따른 결과를 관찰하고, 미래의 상황을 객관적으로 예측하여, 현재 시점에서 최적이라고 판단한 결정을 내리는 것이다. 그러나 모든 지난 과거를 객관적으로 정확하게 기억하고 또한 불확실한 먼 미래를 정확하게 예측하여 적용하는 것은 현실적으로 비효율적일 수 있으며 또한 어려운 일이다. 한 가지 대안으로 아래 그림 6-2처럼(앞에 소개한 Modified Causal Problem Formulation with Sliding Window 처럼) 슬라이딩 윈도우를 사용하면 어떨까? 즉, 현재 시점과 상대적으로 연관성이 많은 슬라이딩 윈도우가 포함하는 제한된 기간의 과거 정보 그리고 비교적 예측 가능한 가까운 미래 정보만을 기반으로 구한 현재의 해답을 최적이라 믿고 인생에 적용하며 살아간다. 또다시 일정 시간이 지나고 경험이 쌓이면, 그 경험을 성찰하고 분석하여 새로운 해답을 구한다. 이와 같은 과정을 반복적으로 적용한다. 물론 이렇게 얻게 되는 해답은 최적이 아닐 수밖에(sub-optimal) 없다.

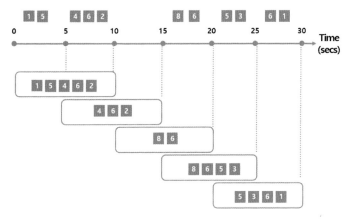

그림 6-2. 슬라이딩 윈도우에 기반한 최적화 예[10]

일반적으로 이렇게 구해진 해답의 성능은 슬라이딩 윈도우 크기와 밀접하게 관련되어 있다. 공학의 사례를 보면, 슬라이딩 윈도우 크기가 커질수록 계산 복잡도는 증가할 수 있지만, 더 좋은 성능을

---

10) downloaded from google site

얻을 수 있다. 여기에서 스스로 딜레마에 빠지게 된다. 인생 최적화에서 고려했던 슬라이딩 윈도우 자체가 과거 시간의 정보와 불확실하게 예측된 미래 정보의 예측을 포함하고 있기에, 인간을 마음의 번뇌와 불편함에서 벗어나게 해줄 수 있는 순간의 마음을 위배하기 때문이다.

만약 순간의 마음을 지켜내고자 한다면 윈도우 크기를 극단적으로 작게 유지해야 하지만, 공학의 관점에서 본다면 최적화 과정에서 얻은 해답의 효율성은 상대적으로 떨어질 가능성이 커진다. 이런 상황에서 속세를 살아가는 나 같은 범부들이 할 수 있는 합리적인 방법은 무엇일까? 공학의 실시간 최적화를 수행하는 과정에서 많이 적용하는 방법처럼, 상황에 맞게(context-aware) 윈도우 크기를 적응적으로 조정하는 것이 어떨까 한다. 현실에서 주어진 조건과 상황에 맞게 적응적으로 정하되, 가능하면 작은 값으로 윈도우 크기를 결정하면 어떨까 한다. 너무 기회주의적인 발상인가? 앞에서 살펴보았듯이, '마음의 욕심과 번뇌가 동전의 양면'이라고 이해한 부분과도 일맥상통하는 것 같다. 어쨌든, 공학은 참 현실적이고 실용적인 학문이라는 것을 다시 한번 느낀다. 이 상황을 불교의 중생들에 해당하는 유루유위(有漏有爲) 상태로 표현할 수 있지 않을까 한다.

또한 해답의 성능은 최적화를 수행하는 전체 시간의 길이와도 밀접한 관계가 있다. 최적화를 수행하는 전체 시간과 최적의 해답 사이의 관계를 이해하기 위해 100m 단거리와 마라톤을 예로 생각해 보자. 모든 경우에서 목적 함수는 목적지에 도착하는 데 걸린 시간이 될 것이고, 선수들은 이 시간을 최소화하기 위해 제한된 자신의 체력을 효과적으로 안배해야 한다. 100m 경우 짧은 시간에 경기가 끝나기 때문에 자신의 체력을 순간적으로 모두 소모하여 폭발적인 속도로 달려야 최적의 결과를 얻을 수 있다. 그러나 마라톤과 같은 장거리에서 100m 단거리 선수와 같이 체력을 소모한다면 완주를 기대하기 어려울 것이다. 이와 같은 논리로 본다면, 100m 지점에 빨리 도달한다고 해서 반드시 마라톤을 빨리 완주하는 것은 아님을 알 수 있다. 즉 짧은 호흡으로는 최선이라고 생각되더라도 긴 호흡의 관점에서는 최적의 해가 아닌 경우가 발생할 수 있으며, 심지어 순간마다 최적의 해답을 선택했다고 하더라도 전체적으로 봤을 때는 최적의 해답이 아닌 경우가 충분히 발생할 수 있기 때문이다.

하지만 여전히 개인적인 생각으로 인생의 각 시점에서 제한된 정보와 불확실한 미래로 인해 단번에 최적의 해답을 찾는 것은 도저히 불가능하지 않나 싶다. 이와 같은 상황이라면 시간을 두고 점진적으로 최적의 해답에 수렴해 가는 'try & error' 방식으로 접근해 보면 어떨까? 여기에서는 공학의 최적화 기법 중 하나인 POCS(projections onto convex sets)를 고려해 보고자 한다.

아래의 그림 6-3에서 비교적 간단한 경우에 대해 **POCS**가 최적의 해에 수렴해 가는 과정을 볼 수 있다. 이처럼 **POCS** 이론은 몇 가지 선제 조건을 만족하면 반복된 투영 과정을 반복 수행하는 동안 미지의 최적의 해답으로 수렴해 간다는 것을 수학적으로 증명할 수 있다. 이 최적화 논리를 우리의 인생에 적용해 볼 수 있지 않을까 한다. 즉 우리의 인생에서도 반복해서 시도해 보고 결과를 확인하고 실수를 고쳐 나가다 보면 점진적으로 추구하는 인생의 최적 해에 도달할 수 있다고 해석할 수 있지 않을까?

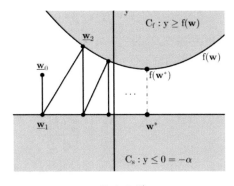

그림 6-3.[11]

이때, **POCS**처럼 반드시 몇 가지 선제 조건이 있어야 할 것 같다. 즉 위의 그림 6-3에서 볼 수 있듯이, **POCS**의 볼록 집합

---

11) Enis Ceti, et al., "Projections Onto Convex Sets (POCS) Based Optimization by Lifting", *GlobalSIP*, 2013.

제약 조건처럼 인생 최적의 해에 수렴해 가기 위해서 필요한 마음의 조건은 무엇일까? 한 가지 예로 인생의 최적 해에 도달하고자 하는 의지(意志)를 생각해 볼 수 있을까? 이 의지는 최적의 해에 얼마만큼 안정되게 그리고 빨리 수렴해 가는가를 결정짓는 중요한 요인이 될 수 있을 것 같다. 강한 의지를 지니고 열정적으로 노력하는 사람이 그렇지 못한 사람보다는 좀 더 큰 보편적인 사회적 성취를 이루어 내는 것을 주변에서 많이 볼 수 있다. 그러나 너무 과한 보편적인 인간 사회에서의 성취를 인생 목적함수로 정하거나 이 성취에 집착하는 의지와 욕심이 너무 지나칠 때는 마음의 번뇌와 불편함이 동시에 나타날 수 있음을 항상 염두에 두어야겠다. 그리고 polynomial curve fitting: parametric approach에서 설명한 overfitting의 경우처럼, 너무 작은 이득에 매 순간 집착하다가 보면 오히려 최적의 해에 수렴하지 못하고 발산하거나 진동하는 일도 발생할 수 있음을 잊지 말아야겠다. 또한 내 인생이 언제까지 지속될지 알 수 없기에, 몇 번의 시도가 허락될지도 결코 예측할 수 없는 노릇이다. 이런 고민 속에서, 나의 청춘 시절에 좋아했던 우리 가요의 구절이 마음 한구석에 와닿는다.

인생은 미완성, 쓰다가 마는 편지, 그래도 우리는 곱게 써 가야 해
- 이진관, <인생은 미완성> 중에서

C. 변수의 Controllability와 Observability 관점에서 바라본 나의 운전 습관

공학의 최적 제어(optimal control) 시스템을 설계할 때 먼저 고려해야 할 요소 중의 하나가 상태 변수(state variable)의 controllability와 observability이다. 시스템의 상태 변수 중에서 그 변수를 우리가 제어할 수 있는지 없는지 또는 관측할 수 있는지 없는지는 최적 제어 시스템을 설계할 때 반드시 확인해야 한다. 일상에서도 우리가 제어할 수 없는(non-controllable) 변수에 마음의 매듭을 묶고 기어이 바꾸려고 한다거나, 이론적으로 관측이 불가능한(non-observable) 변수에 마음의 매듭을 묶어 굳이 들여다봐야겠다고 발버둥 치는 것은 결과적으로 시간과 힘의 낭비만을 초래할 뿐이다.

이것은 우리가 일상생활에서 자주 범하는 오류 중 하나가 아닌가 생각한다. 자연에서 홀로 생활하고 있는 사람이 TV 프로그램에 출연하여 다음과 같이 말하는 것을 기억한다. "숲속에서 산, 물, 나무, 새들과 경쟁하고 싸울 것인가? 그저 숲속에서 생활하는 자체에 감사할 뿐이다." 이렇게 인식하는 이유 중 하나가 숲속의 산, 물, 나무, 새들은 단지 관측할 수 있는 대상이지 우리가 제어할 수 있는 대상이 아니라고 여기고, 모두가 이 사실을 비교적 쉽게 마음으로 받아들일 수 있기 때문일 것이다. 반면에 인간이 만든 시스템 속에서는 어떠한가? 사회라는 시스템 속에서도 많은 경우 여러 요소가 숲속의 산, 물, 나무, 새들처럼 관측할 수 있을 뿐 지금 당장 즉각적으로 제어할 수 있는 대상이 아닌 경우가 많다. 그러나 인간들은 자신의 목적을 위해 무리하게 순간적으로 제어를 하려고 애쓰는 경우가 많이 있다. 왜 인간 사회의 제어하기 어려운 여러 요소를 숲속에서 산, 물, 나무, 새들처럼 있는 그대로 마음으로 받아들이기가 힘든 것일까?

집사람이 자주 지적하는 것이 내 운전 습관이다. 막히는 도로에서 얌체처럼 갑자기 끼어들기를 하거나, 깜빡이 등을 켜지 않고 차선을 넘나들거나, 또는 갑자기 내 앞으로 진입을 해서 급히 브레이크를 밟아야 하는 경우, 특히 창문 밖으로 담배꽁초를 휙 날려버리는 운전자를 보면 순간적으로 버럭 화를 내곤 하기 때문이다. 최적 제어의 이론에 따르면, 이와 같은 상황은 그 순간에는 controllable 하지 않고 단지 observable한 경우이다. 다시 말하면, 이렇게 발생한 외부 사건들은 내가 즉각적으로 제어할 수 있는 대상이 아니라는 것이다. 이런 관측된 상황들은 단지 주어진 조건이기 때문에, 이에 대해 즉각적으로 부정적인 반응을 보이는 것은 최적 제어 이론의 관점에서 본다면 무의미한 에너지 소모와 감정의 혼란만 가져오는 것이다. 또는 non-observable 변숫값을 굳이 억측(臆測)하여 알아내고자 하는 경우이다. 이와 같은 경우에도 불필요하게 에너지를 소모하게 되고 현실을 실제와 다른 아주 동떨어진 상태로 오인하는 결과를 초래할 수 있다.

　사람과의 관계에서도 잘못된 억측으로 인해 마음을 다치는 경험을 많이 하게 된다. 다시 운전 상황으로 돌아가서 사례를 찾아보면, 담배꽁초를 차창 밖으로 던지는 운전자의 행위는 관측할 수 있을 뿐, 그 관측된 행위로부터 운전자의 심리 상태를 내가 정확하게 추론할 수 없다. 그것은 non-observable 변수이다. 그런데도 여러 가지 상상을 통해 그 운전자의 상태를 억측하고, 그로 인해 마음이 상하고, 마음의 에너지를 소모하는 것은 어리석은 행동임에 틀림이 없다. 그렇다면, 나의 최적의 반응은 무엇일까? 그 순간에 이 모든 것이 내 마음에서 만들어 낸 허상(虛想)임을 알아차리고, 내가 제어할 수 있는 범위 내에서 안전 운행을 하는 것이 좀 더 합리적인 해답일 것이다.

　물론 차후에 우리의 운전 습관을 바꾸기 위한 사회 전체의 운동에 동참할 수는 있을 것이다. 그러나 오늘도 자동차의 핸들을 잡으면 머리로 이해한 위의 내용을 적용하기가 쉽지 않음을 절감한다. 아마도 이미 몸에 익숙해진 운전 습관, 위에서 설명한 자기 유사성에 의한 반응 행동 패턴 때문일 것이고, 또한 나의 알아차림 시스템의 시간 지연이 너무 커서 '기본적인 나'의 행동 패턴을 '인식하는 나'에서 즉각적으로 인지하지 못하고 적절히 대응하지 못했기에 나타나는 부분일 것이다. 이 시간 지연을 극복하기 위해서는 머리

가 아닌 마음의 깨달음이 중요할 것이고 끊임없는 노력이 필요할
것이다.

D. 나의 지천명(知天命)

중고등학교 시절 국어 교과서에 이양하 선생의 『신록예찬』이라는
수필이 있었다. 그 시절 '신록'의 진정한 의미도 모르고 단순히 시
험 준비를 위해 내용을 머리로 외우고 공부했던 기억이 난다. 젊었
을 때는 왜 신록을 아름답다고 하는지 도무지 그 이유를 알 수가 없
었다. 그러나 요즘은 봄이 오는 산을 바라볼 때 불타는 듯한 봄꽃보
다 때로는 신록이 더 가슴을 설레게 하곤 한다. 옅은 초록빛을 띠면
서 잔뜩 생명의 기운을 머금은 빛나는 신록의 모습은 곁에 있는지
도 모르고 지내다가 마침내 떠나보낸 내 청춘에 대한 기억을 떠올
리게 한다. 나이가 들어야 또는 오랫동안 지켜봐야 보이는 것들이
틀림없이 있는 것 같다. 큰 후회도 큰 미련도 큰 아쉬움도 없이 청
춘을 보냈건만, 그래도 지나가 버린 내 신록의 계절이 그 자체로 가
끔은 그립다. 나에게 주어진 나머지 인생도 청춘과 같지 않을까? 지
금은 흘러가 버린 청춘의 시절을 그리워하듯이, 먼 훗날 어느 날에
는 오늘을 더듬으며 아름다웠던 순간으로 추억하면서 지나가 버린
지금의 순간들을 또한 한 걸음 늦게 후회하고 그리워할 것 같다.

나는 갱년기와 함께 심적으로 조금은 힘든 시간을 겪으면서 나이

50줄에 들어선 후에야 겨우 어렴풋이 인생을 되돌아보게 되었다. 남자에게 나이 50은 조금은 남다른 의미가 있지 않을까 생각해 본다. 이 나이 때가 되면 정도의 차이는 있겠지만, 대부분 남자가 갱년기를 경험하면서 지금까지와는 조금 다른 새로운 고민이 생기고, 살아가는 모습도 조금씩은 변하는 것 같다. 지금 근무하고 있는 대학으로 부임하고 얼마 지나지 않았을 때, 대학에서 오랫동안 근무하고 있던 학과 직원과 이야기를 나누던 중 "나이 50만 넘어가 보세요. 다들 변합니다."라고 말했던 것이 기억난다. 그 당시에는 그 말의 뜻을 이해하지 못했으나, 요즘은 '나만 너무 늦게 철드는 것은 아니구나.'라고 오히려 마음의 위안을 얻는다. 너무 늦지 않게 그리고 잊지 않고 찾아와 준 나의 갱년기가 오히려 고마울 따름이다.

공자께서 말씀하신 지천명(知天命)의 진정한 의미를 깨우칠 만큼의 현명한 됨됨이는 되지 못하지만, 최근 내가 일상에서 느끼는 지천명의 의미는 다음과 같다. 그 이전에는 한 번도 나의 정년이나 죽음에 대해 심각하게 고민해 본 적이 없었다. 내 몸뚱이 하나로 할 수 있는 일이라면, 머뭇거림 없이 덤벼들었고 뒤돌아보지 않고 달렸다. 또한 은퇴라는 말 자체를 나의 일로 실감할 수 없었기에, 그저 막연하게 많은 것을 정년 이후로 미루어 놓고 마치 정년은 다른 사람들의 이야기인 것처럼 살아왔었다. 그러다가 50줄에 접어들고 얼마 지나지 않아서 갱년기가 조금은 심하게 시작되었을 즈음,

지금의 대학에 부임할 때 서슬이 시퍼러셨던 교수님들이 정년을 맞이하시고 대학을 떠나시는 뒷모습을 보았다. 그때까지만 해도 교수라면 누구나 하는 그래서 너무도 당연해 보였던 정년퇴직이 결코 그냥 얻어지는 것이 아니고, 쏜살같이 변화하는 어마어마한 세월 속에서 자신을 지켜내야만 누릴 수 있는 특권이라고 느끼게 되었다. 그 순간 두려운 마음도 들고, 또 정년까지 남겨진 10여 년의 시간이 나에게 얼마나 소중한가를 깨닫게 되었다. 예전에는 뛰어다니던 산행길에서 무릎이 시큰거려 낮은 돌계단 길을 먼저 찾게 되는 나이가 되면서, 나에게 남겨진 인생이 살아온 세월보다 길지 않을 것 같고, 지난 세월보다 앞으로가 더 빨리 지나갈 것 같다고 생각하는 순간, 아쉬움과 서글픔에 가슴이 촉촉해지는 것을 느꼈다. 그렇다! 깔끔한 인생 마무리와 나의 모습을 찾기 위한 마음의 여행을 나서야 할 시간이 된 것이다.

오늘은 출근길에 바라본 푸른 산과 도로변에 핀 이름 모를 노란 꽃, 아침에 따뜻한 웃음으로 배웅해 준 아내의 얼굴, 그리고 핸드폰 바탕 화면에 저장된 우리 두 아이의 사진을 보면서, 몇 개나 남아있을지 예측하기 어려운 내 삶의 달콤한 곶감을 하나씩 빼먹는 기분으로 남은 인생의 소중한 하루를 시작하고자 한다. 비록 인생의 깊은 의미를 깨우치지는 못했으나, 이것을 아둔한 내가 지천명의 나이에 느끼고 있는 생뚱맞은 나의 천명(天命)으로 이해하고자 한다.

끝내면서

　지금까지 언급한 내용 대부분은 전자·전기 또는 컴퓨터 공학부 학부 과정에서 공부하는 지식을 두서없이 내 인생의 경험에 적용해 본 것에 불과하며, 그마저도 매우 어설프고 부족함을 절실하게 느낀다. 그럼에도 이 책을 끝까지 읽어준 독자에게 감사한다.

　생각해 보면 끊임없는 수행과 노력을 통해 마음으로 느끼고 실천하는 것만이 진정한 내 모습을 찾아가는 올바른 길일 것 같다. 인생을 돌이켜보면 나의 사춘기는 별다른 심각한 고민과 방황을 경험할 겨를도 없이 지나갔다. 그러므로 지난 몇 년의 시간은 때늦더라도 조금이나마 철들기 위한 나의 갱년기 성장통(成長痛)이 아니었나 생각한다.

　　　인생은 오래 살수록 아름답다.

　영화 <인생 후르츠>의 마지막에 나오는 문구이다. 참 좋다. 진심으로 이렇게 살고 싶다.

마지막으로, 무뚝뚝하고 성질 급하고 까칠한 그리고 넉넉지 못했던 시골 출신 대학생을 만나서 30여 년이 훌쩍 넘는 세월을 한결같이 함께해준 공동 저자이자 아내인 이수진 선생에게 감사의 마음을 전한다. 그리고 앞으로 긴 인생을 살아갈 근우와 현지에게 아빠와 엄마의 마음을 전한다.

공돌이(空乭里) ————————————————————

송황준
현)포항공과대학교 교수
서울대학교 학사,석사
Univ. of Southern California 공학박사

함께해준 이
이수진(아내, 청소년 상담사)

인생마저 공학적으로
풀어봅니다

초판인쇄 2020년 5월 29일
초판발행 2020년 5월 29일

지은이 공돌이(空乭里)
펴낸이 채종준
펴낸곳 한국학술정보㈜
주소 경기도 파주시 회동길 230(문발동)
전화 031) 908-3181(대표)
팩스 031) 908-3189
홈페이지 http://ebook.kstudy.com
전자우편 출판사업부 publish@kstudy.com
등록 제일산-115호(2000. 6. 19)

ISBN 978-89-268-9936-6 03810